Lou Reed:

Between Thought and Expression: Selected Lyrics of Lou Reed

ニューヨーク・ストーリー

ルー・リード詩集

梅沢葉子＝訳

河出書房新社

目　次

インタビュー

鐘

ニューヨーク・ストーリー

ルー・リード詩集

シド、トビィ、バニーへ
特に
シルヴィアへ

はしがき

初めに言葉があった……すぐ後からドラムと原始的なギターが続いた。もともと音楽のために書かれたものだが、音楽なしで独り立ちできると感じたものを集めたのがこの歌詞集だ。あと、二つの詩（そのうちの一つは小規模雑誌のための文芸委員会から賞を貰った）と二つのインタビューも収めた。一人はヴァーツラフ・ハヴェル、もう一人はヒューバート・セルビー。インタビューを引き受けた理由は、尊敬する二人に会って、書くことをもっと深く知る機会だったから。どうやって、なぜ書くのか——それは最終的には人生と、どう生きるかにかかわってくる。

ここ数年間にわたってときどき「詩」の朗読会をやってきたが、いつも歌詞を基本として使っている。音楽なしで言葉だけが聞こえてくる時にわき起こる異なった声にはずっと驚かされっぱなしだった。こうした体験から、歌詞だけを出版出来るのでないかと考えた。

アヴェドンの撮ったウォーホールの胸の弾痕の写真にしても、「ストリート・ハッスル」や「刺激《キックス》」で描いている社会病質者的な態度にしても、私にとって歌詞の核心はいつも実体験に根差している。というわけで、「こういう出来事は事実ですか？」という一番良くきかれる質問に対する答はイエスで、イエス、イエス、イエスと彼は言う。

ルー・リード

歌詞（1965—1990）

注のうち、＊をつけた注は原注を、太字で単語をくり返している注は訳注を示す。

君の鏡になろう

君の鏡になろう　君を映す鏡に
君が自分のことをわからないなら
ぼくは風になり　雨になり　夕日になろう
君の帰宅を告げる
ドアの灯りになろう

ひねくれて薄情な心を
夜に見透かされたと思うなら
君が盲目だということをわからせてあげる
頼むから手をどけてくれ
隠しても見えるから

知らないなんて信じられない
君は美しいよ
でも　知らないのなら
ぼくが君の目になろう
こわくないように
闇を導く手になろう

ひねくれて薄情な心を
夜に見透かされたと思うなら
君が盲目だということをわからせてあげる

14

頼むから手をどけてくれ
隠しても見えるから

君の鏡になろう

アイツを待っている

ぼくはアイツを待っている
26ドルを握りしめ
レキシントン・アヴェニューの125丁目で
気分は悪いし薄汚れて死んでる心地だ
ぼくはアイツを待っている

そこの白人小僧
アップタウンで何をしてるんだ？
おい　白人小僧　おまえはおれたちの女をあさってんだろ
違いますよ　そんなこと考えたこともありません
ぼくはただ大切な友達をさがしているだけ
ぼくはアイツを待っている

アイツがやってきた　上から下まで黒ずくめ
PR*靴と大きな麦わら帽子
彼は決して早くこない　いつも遅れる
真っ先に学ぶのはいつも待たされること
ぼくはアイツを待っている

＊　プエルトリコ人がよく履いている、逃げるときに金網を上りやすいように先の尖った靴。
125丁目　ハーレムのこと。

レンガ造りの建物に入り　三階まであがる
みんな　ジャンキーだとすぐわかっても誰も気にしない
甘い味のブツを彼は持っている
アイツは忙しいから　邪魔をしない
ぼくはアイツを待っている

ベイビー　叫ばないで　大声でわめかないでくれ
いい気持ちだ　足を洗うつもり
いい気持ちだ　壮快な気分
明日までは　でも明日は明日
ぼくはアイツを待っている

ヘロイン

どこへ行くのかわからない
出来ることなら王国へ行きたい
男になった気分になれるから
静脈に針を入れると
世の中が変わってくる
快感がおしよせると
キリストの息子みたいな気分だ
わからないだけだ
わからないだけだ

一大決心をした
自分の人生を消すつもりだ
血が流れ始めて
注射器の首まで血が逆流して
死に近づくと
君たちにはぼくを助けられない
女の子たちの優しい他愛ないおしゃべりでもだめだ

私はメディケアの最初の患者の一人だった。サンフランシスコで射ちこんだドラッグが原因で身体中の関節が麻痺した。致命的な狼瘡（皮膚結核）の疑いがあると言われたが、これは間違いだった。デルモアの葬式（1966年7月11日）のために許可をもらって病院から出たが、二度と戻らなかった。それで病気のことはどうでもよくなった。大学時代にこれを書いた。

散歩にいけよ
わからないだけだ
わからないだけだ

千年前に生まれたかった
暗い海を船で渡りたかった
とてつもなく大きな快走帆船に乗って
この土地からあの土地へ
船員服と帽子を身につけて
自分自身やそのまわり
そしてこの街のすべての悪徳から逃れられない
大都会から遠く離れて
わからないだけだ
わからないだけだ

ヘロイン　ぼくの死であれ
ヘロイン　ぼくの女房でぼくの人生
静脈への一射ちが
ぼくの頭の真ん中にたどりつくと
死ぬより楽だ
ヘロインが流れ出すと
どうでもよくなる
この町のどうでもいいやつらも
気違いじみた雑音を立てている政治家野郎みんなも
みんなが失望させあっていることも
積みあげられたすべての死体の山のことも

ヘロインがぼくの血の中にあって
その血が頭の中にあるから
死人みたいにイイから神に感謝する
まったく気にならないなんて　ありがたい
どうでもいいなんて　ありがたい
わからないだけだ
わからないだけだ

黒天使の死歌

運命の無数の選択が
皿の上に並べられた
失うべきものを彼に選ばせるために
黒天使が泣いた
眠りにすっぽり覆われた幽霊の血ぬられた国ではなく
選びに行った
東方の古都の街路でもない

放浪者の兄は夜通し歩いた
髪が
顔に
G・Tのナイフで裂かれた長い長い傷

ラリー・マンのおしゃべりが夜明けまで続いた
彼の頭蓋骨にさよならを言うまで
かん高い叫び

まぶしく輝き　時のせいで赤い線が刻まれ赤く縁どられ
アイス・スケートをはいた精神の選択に浸され

この歌のアイデアは歌詞の響きをただただ楽しむために言葉をつなげるというもので特別な意味はない。タイトルが好きだ。

鐘から塊をそぎ落とす

切れた口血を流すカミソリの刃痛みのせいで忘れろ
殺菌剤が残すクー・グッドバイ
だから君は飛ぶ
選びに行った東の心地良い茶色の雪へ
もう一度選べ

いけにえの残骸が忘れづらくさせる
君がどこから来たのかを
出てくる目ヤニで痛みを知る
もう一度選べ

神聖冒瀆世捨て人ロバーマンのリフレイン
馬の喪失のために
ラットの尻尾のほこらに行った
もう一度来いよ　出発を選べ

エピィファニーの恐怖が君を辱めたのなら
髪を短くしてウェーブをつけろ
居ようとする
側を選べ

もしその石がかすめて教訓を二つにわけたら
ネズミの跡の色をおけすべては緑だその間を試せ
もし選ぶなら

もし選ぶなら
負けるようにしろ
残骸の喪失のために来ること始まること
ゲームを始めろ
アイ・チ・チ
チ・チ・アイ
チ・チ・チ
カ・タ・コ
選べ
失え
行け

毛皮を着たヴィーナス

光る　光る　光る革のブーツ
闇の中のムチ打ち少女
あなたのしもべが喜んでやってくる　彼を見捨てないで
叩いて！　女王様　どうか彼の心を癒して

街灯奇想の柔らかい罪
彼女の着る衣装をさがし求める
白テンの毛皮が傲慢さを飾りたてる
セヴェリン　セヴェリンがあなた様を待っている

私は疲れている　へとへとだ
千年のあいだ眠れる
私を起こす一千の夢
涙でできた違う色

光る　光る革のブーツにキス
闇の中の光る皮
皮ひもをなめろ　おまえを待つベルト
叩いて！　女王様　どうか彼の心を癒して

ザッヘル＝マゾッホの本（『毛皮を着たヴィーナス（Venus im Pelz）』1871年。河出文庫）を読んだあと、これを書いた。

セヴェリン　セヴェリン　つぶやいて
セヴェリン　ひざまずいて
ムチを味わえ　真剣に与えられた愛の中で
ムチを味わえ　私のために血を流せ

光る　光る　光る革のブーツ
闇の中のムチ打ち少女
あなた様のしもべセヴェリンが喜んでやってくる
どうか彼を見捨てないで
叩いて！　女王様　どうか彼の心を癒して

夢見るパーティー

貧しい少女はどんなドレスを着よう
夢見るパーティーのために
どこの誰が着たのかわからないお下がりのドレス
夢見るパーティーのために
彼女はどこへ行くのだろう　何をするのだろう
真夜中になると
彼女はもう一度日曜日の道化になり
ドアの後ろで泣くだろう

貧しい少女はどんなドレスを着よう
夢見るパーティーのために
かつての立派なドレスの絹や麻はどうだい
夢見るパーティーのために
木曜日のボロで彼女は何をするつもりだろう
月曜日になったら
もう一度日曜日の道化になり　ドアの後ろで泣くだろう

貧しい少女はどんなドレスを着よう
夢見るパーティーのために
木曜日の子供は日曜日の道化

これはアンディが大好きだった歌。

26

彼女のためには誰も嘆かない

黒ずんだ経帷子
絹とボロ布の
着古したドレス……衣裳
すわって泣く人によく似合う
夢見るパーティーのために

ゴダイヴァ夫人の手術

ごく上品ぶった身なりのゴダイヴァ夫人は
ただのオモチャ　もう一人の巻毛の少年の頭をなでる
静けさにいやけがさして　さめざめと泣く
ずっと昔に
はっきりと言われた言葉を言いながら

ショールが彼女の肩をやさしく包んだ
人生が彼女をそんなにも大胆にした
やり方を見つけた今は

絹　ラテン語　レースと嫉妬
最近のペニー・フェアの誇りと喜びを身にまとい
ちょっとした気晴らし

今日の髪は先だけ水に漬かっている
貧しい娘の息子たちと片っ端から寝るのは
楽しくないかい

17歳のとき、ショック療法を24回受けた。それが原因でこういうものを書いたと思う。

ゴダイヴァ夫人　11世紀英国の一領主である夫に、裸で白馬に乗り町を通ったなら住民への重税をやめると言われ、実行したとの伝説がある。

さてと　今日は嫉妬で優雅さを支えながら
ゴダイヴァ夫人は誰かいないか覗き見して
用心していない

医者がやってくると看護婦は**喜んで**考える
手際よく空気を送りこむ機械のスイッチを入れる
裸のまま横たわっている
かつては**叫んでいたもの**が剃られて　毛もなく
今では静かに横たわり　ほとんど**眠っている**
脳がどこかへ行ってしまったにちがいない
白い台の上にしっかりと縛りつけられ
エーテルが体を萎ませ　身もだえさせる
白いライトの下で

医者がナイフとカバンをもって到着し
キャベツ大の腫れ物を見る
それは今や
取り除くしかない

偉大な！　偉大な！　決定！　の瞬間がきた
医者は初めのメスを入れる！
ここに一つ――あそこに一つ

エーテルの管が漏れていると　うっかり屋が言う
患者はちゃんと眠っていないようだ
叫びが廊下に響き渡る

慌てるな　すぐ誰かが彼にペンタソールを与える
医者はメスを
慎重に脳から外す
10までぼくが数えると
その頭は動かない

贈り物

ウォルド・ジェファーズは限界に達していた。8月中旬。それはマーシャと離れて2か月以上が経ったことを意味した。2か月間。その間に彼が得たものは端が折れ曲がった3通の手紙とバカ高い電話料金の請求書2通だけ。学校が終わって、彼女はウィスコンシンへ戻り、彼はペンシルヴェニアのローカストへ戻ったが、その時に彼女は貞節を守ると固く誓った。ときどき誰かとデートしても、それは単に友達としてだけ。彼女は裏切ったりはしない。

しかし、最近ウォルドは心配になってきた。夜はなかなか眠れず、眠るとおそろしい夢を見た。夜、ベッドに入ってもヒダ付きのキルト・カバーの下でもんもんと寝返りをうち、酒とネアンデルタール人のような男の甘い言葉がマーシャの誓いを崩し、ついにはセックスの究極の愛撫に屈伏している彼女を思い浮かべては、涙があふれ眠れなかった。それは人の心が耐えられることではなかった。

マーシャの不実な姿が彼につきまとった。昼間は頭の中を性

私が英文学を専攻していたシラキュース大学の最終学年でこれを書いた。ヴェルヴェット・アンダーグラウンドのジョン・ケイルがこれに音楽をつけようと言った。この物語をステレオの左につなぎ、音楽をステレオの右につないで、物語か音楽、あるいは両方を同時に聞けた。

的な妄想がかけ巡った。問題はみんなが実際の彼女を知らないことだ。彼、ウォルドだけがこれをわかっているのだ。自分は直感的に彼女の精神の隅々まで理解している。彼女を笑わせることが出来た——彼女が必要としているのに自分がそこにいない。(あああ……)

ママーズ・パレードの予定日の前の木曜日に、ウォルドは思いついた。エジソン家の芝生の刈込みを1ドル50セントでやりあげたあと、マーシャから一言だけの便りでも入っているかもしれないと思い、郵便受けを見にいった。日除けは要らないかというアメリカ合同アルミニウム社からのチラシしか入っていなかった。連中だって少なくとも書くだけの手間はかけている。それはニューヨークにある会社だった。郵便でならどこへでも行ける。

突然ひらめいた。普通の方法でウィスコンシンへ行く金がないのは確かだ。郵便で自分を送ればいいじゃないか。あきれるほど簡単なことだった。書留郵便小包で自分自身を送り出せばいい。翌日、ウォルドは必要なものを買いにスーパーへいった。梱包用テープと大型ホチキス、それに自分と同じ体格の人間一人がぴったり入る中型のダンボール箱を買った。きゅうくつすぎることもなく乗り心地はかなり良いだろうと判断した。いくつかの空気穴と少しの水、あと夜食みたいなものが何かあれば、ツーリスト・クラス並みの待遇だ。

金曜日の午後、ウォルドの準備は整った。彼はまんべんなく包まれて、郵便局が3時に取りにくることになっていた。彼は包みに「われもの注意」と書き、その包みの中に丸まってすわり、気をきかせて入れておいたスポンジのクッションの上でじっとしていた。マーシャがドアを開け、包みを見て配達員にチップを渡し、箱を開けて、そこについに愛しいウォルド本人を見たときの彼女の顔に浮かぶ驚きと幸せを彼は思い描いた。彼女は彼にキスをするだろう。たぶん二人で映画にいくかもしれない。なぜもっと早く思いつかなかったのだろう。突然、荒っぽい手が彼の包みを摑み、あっという間に抱えあげられていた。トラックにドシンと乗っかり出発した。

マーシャ・ブロンソンはちょうど髪の手入れを終えたところだった。ひどい週末だった。あんなふうに飲んではいけないと覚えておくべきだった。別れ話のことでビルはやさしかったけど。そのあとでビルは言った。彼女のことは尊敬しているし、あれは自然のなりゆきだった、確かに愛していないけど、嫌いじゃないと。

それに二人は大人だったのよ。ああ、ビルがマーシャに教えることはいっぱいあるわね。けど、もう何年も前のことみたい。

大親友のシーラ・クラインがポーチの網戸付きのドアから台所に入ってきた。

「まったく！　外は湿っぽいったらないわね」

「そうなのよ、気分もべたべたしているわ」マーシャは絹の縁取りがしてある綿の部屋着のひもを締め直した。シーラは台所のテーブルの上に置いてある塩に触り、指を嘗めて顔をしかめた。

「この塩の錠剤をのまなくちゃいけないんだけど」
彼女は鼻の頭にしわを寄せた——「これをのむと吐きたくなるのよね」

マーシャはあごの下を叩きはじめた。テレビで見た体操だ。「お願い。話したくもないわ」テーブルから立ち上がって流しへ行きピンクと青のビタミンが入っているビンを手にとった。「のむ？　ステーキよりは良いはずよ」そのあと、前にかがんで自分の膝に触ろうとした。

「ダイキリには二度と触らないわ」彼女は諦めてすわった。今度は電話がおいてある小さなテーブルの近くにすわった。「ビルが電話してくるかもしれない」と、シーラと目が合うと言った。シーラは爪をかんだ。

「夕べ彼とのことは終わったかなと思ったわ」

「そうなのよね。あいつはタコみたいだったわ——あっちこっち触ってさ！」彼女は身を守るように両手をあげて見せた。「それで、ケンカするのも面倒になって。結局金曜日も土曜日も何もしてあげなかったし。それで、なんだか彼に悪い気がしたの――わかるでしょ」彼女は掻きはじめた。

シーラは口に手を当ててくすくす笑った。「ここだけの話だけど、私も同じように感じたことあるわよ、それでしばらくすると……」ここで彼女は体を屈めて声をひそめ「私も寝たくなっちゃう」と言った。このときの彼女は大声で笑っていた。

このとき、クラレンス・ダロー郵便局のジェイムソン氏がそのしっくいの壁の大きな木造家屋の玄関のベルを鳴らした。マーシャ・ブロンソンがドアを開けると、彼は包みを中に入れるのを手伝った。彼は黄色と緑色の書類にサインをもらい、仕事場においてあった母親のベージュのサイフからマーシャがとった15セントをチップとしてもらって帰っていった。

「何だと思う？」シーラが聞いた。

マーシャは後ろに腕を回して立っていた。居間の真ん中においてある茶色のダンボール箱をじっと見詰めた。「わからないわ」

包みの中でウォルドはそのくぐもった声を聞きながら興奮のあまりぞくぞくした。シーラは箱の真ん中をたてに貼ってあるテープの上に爪を這わせた。「差出人の名前を見てみたら？　誰が送ったのか見てみようよ」

ウォルドは心臓がドキドキしているのを感じた。
足音の響きが感じとれた。もうすぐだ。

マーシャは箱のまわりを歩き回ってインクのにじんだ表書きを読んだ。「ええっ、ウォルドからだわ！」

「あのウスラバカ」とシーラが言った。

ウォルドは期待で震えた。

「まあとにかく開けてみたら」とシーラが言って、二人はホチキスでとめたフタを開けようとした。

「ううっ」とマーシャはうなった。「彼は釘づけにしたにちがいないわ」二人は思いきり開け口をひっぱった。「本当にもう。これを開けるには電気ドリルが要るわ」二人はまたひっぱった。「びくともしない」二人とも息を切らしながら立ちつくした。「ハサミをもってきてよ」とシーラが言った。マーシャは台所へかけ込んだが小さなハサミしか見つからなかった。その時、彼女は地下室に父親が大工道具をしまっていることを思い出した。かけ降りて戻ってくると、彼女の手には大きな金切りバサミが握られていた。「これが一番よさそうだったの」彼女はすごく息切れしていた。「さぁ、あなたがやってよ。私はもう死にそう」彼女はふかふかのソファに沈みこみ、鼻を鳴らしながら息を吐き出した。シーラはテープと箱の上ぶたの端のあいだに割れ目を作ろうとしたが、刃が大きすぎて入らなかった。「なによこれ！」シーラはものすごくいらだっていた。そのあと急ににっこりして「イイ考えがあるわ」「何？」とマーシャが言った。「まぁ見てて」とシーラは言って自分の顔に指を当てた。

包みの中でウォルドは硬直するほど興奮していて、息が苦しくなってきた。肌は暑さでひりひりして喉もとで心臓がドキドキしているような感じだった。もうすぐだ。

シーラは背筋をぴーんと伸ばして立ち、包みの向こう側にまわりこんだ。それから彼女は膝をおりまげてしゃがみこみ両方のハンドルをしっかりとにぎりしめ、深呼吸をして包みの真ん中にその長い刃を突き刺した。刃はテープを貫き、ダンボール箱を貫き、クッションを貫き、ウォルド・ジェファーズの頭の真ん中を貫いた。頭は少し割れ、赤い小さなリズミカルに脈打つアーチがふき出し、朝日の中にとくとくとゆっくり流れ出した。

チェルシー・ガールズ

ここが506号室
ほんとうに気分が悪くなる
ブリジットはフォイルで全身を包まれている
ぬけだせるのだろうか
さぁ　彼女たちの登場だ
走っているのを見てごらん
さぁ　チェルシー・ガールズの登場だ

ここが115号室
SMの女王でいっぱい
マジックの列
かれらの興奮を思いうかべる
法王役の愛しいオンディーヌがいる
ローナは彼にものすごくいじわるだ
彼女はもう一悶着欲しがっている
人間で居たいのだ

ペッパー　彼女は楽しんでいる
金持ちの息子だと思っている

アンディ・ウォーホールの同名の映画（The Chelsea Girls 1966年）のためにこれを書いた。映画の完成後に書いたから、映画には使われなかった。

彼女の完全な愛は続かない
彼女の未来は誰かの過去に死んだ
さぁ　彼女たちの登場だ
走っているのを見てごらん
さぁ　チェルシー・ガールズの登場だ

愛しいイングリッドはカモを見つけた
またうまくやった
彼女のもてなしと時代は回る
片づけなければならない問題を抱え込んだ

哀れなメアリー　ひどく神経質だ
落ちつけないのだ
彼女はスーザンをダンゴに丸め
今では彼女はスーザンがまったく見えない

ドロップアウト　窮地に陥っている
覚醒剤のおかげで病気になった
空中の白い粉
彼女はこだわりがないからこわくない

つぎはジョニー・ボアの番
床の上にぶったおれ
ミルクを打ちこまれた
そして死んだらシルクと交換された
さぁ　彼女たちの登場だ

走っているのを見てごらん
さぁ　チェルシー・ガールズの登場だ

愛のひとつ

それも愛のひとつ
マルガリータがトムに言った
想いと表現のあいだに人生がある
ふりかかる境遇は天気のせい
愛はどれも似たりよったり

それも愛のひとつ
マルガリータがトムに言った
フランスのエロ本みたいなもの
ばかばかしさが低俗に求愛する
それも愛のひとつ
可能性は無限で
自分にとって　ひとつの愛を失くすことは
大したことじゃない

言いたいことはわかった
マルガリータはトムの言葉を聞いた
もちろん君は退屈だけど
だからといって　君に魅力がないということじゃない
退屈さは富を山分けする
直線だ
視えると勘違いする

愛もある

肩にゼリーをのせてごらん
君が一番こわがることをやろう
ひるむけど
君を涙ぐませる

肩にゼリーをのせてごらん
カーペットに横になれよ
想いと表現のあいだで
罪人にキスをしよう

何のことか　全然わからない
赤いパジャマを着て調べてごらん

キャンディが言うには

自分の体と　この世で体が欲しがるものすべてが
嫌いになったと　キャンディが言う
みんなが遠回しに話していることを全部知りたいと
キャンディが言う

セコい楽しみしかないとわかりきっている
静かな場所が大嫌いだと　キャンディが言う
あとで無限に心が変わるから　決心するのが大嫌いだと
キャンディが言う

あたしは肩ごしに飛ぶ青い鳥を見つめる
青い鳥が通りすぎるのを見つめる
たぶん　年をとったら
何が見えると思う？
もしも自分から歩き去ることが出来たら

キャンディはおかまだった。彼女はホルモン注射が原因のガンで死んだ。本名はジェームズ・スラタリー。ロング・アイランド出身。

ペイル・ブルー・アイズ

ときには　すごく幸せだ
ときには　すごく悲しい
ときには　すごく幸せだ
けれども　いつもは腹立たしいだけ
ベイビー　あんたはぼくを怒らせるだけ
そばにいて　君の蒼ざめた瞳よ
そばにいて　君の蒼ざめた瞳よ

君はぼくの山頂だと思った
君はぼくの頂点だと思った
君をすべてだと思った
持っていたのに引きとめておけなかったすべて
持っていたのに引きとめておけなかったすべて

世の中を自分の見るままに純粋で不思議なものに出来たら
君を鏡の中にいれて　ぼくの前に置く
ぼくの前に置く

いなくなって本当に寂しい思いをした人のためにこれを書いた。彼女の目はハシバミ色だった。この歌はたくさんの人が吹き込んでいるけれど、モーリン・タッカーのもの（アルバム Life In Exile After Abdication 収録）が一番好きだ。

人生を完全にさぼって　コップに詰める
彼女は　金は時間の中のぼくたちみたいなものだと言った
横になっているけど立ち上がれない
君には落ち込んでいることが上向きなのだ

昨日ぼくたちがやったことは良かった
もう一度やってもいい
君が結婚していることは
君がぼくの親友だと証明するだけ
それは本当に本当に罪だ
そばにいて　君の蒼ざめた瞳よ
そばにいて　君の蒼ざめた瞳よ

深夜営業

ドアを閉めたら　夜は永遠に続く
太陽の光を締め出し　こんにちはを言うこともない
みんなはダンスして楽しんでいる
出来ることなら　ぼくもそうしたい
君がドアを閉めたら　ぼくは二度と昼を見なくて済む

ドアを閉めたら　夜は永遠に続く
ワイングラスも締め出して乾杯することもない
ああ　いつの日か誰かがぼくの目をのぞきこんで
こんにちは——あなたは私の特別な人よ——と言うのはわかっているけど
君がドアを閉めたら　ぼくは二度と昼を見なくて済む

暗いパーティー・バー
ピカピカのキャデラック
地下鉄と電車の乗客たち
雨の中で灰色に見える
かれらの入り乱れて立っている姿も

深夜営業のバーが大好きだった。はじめて人がなぐり殺されたのを見たのもそこだった。その時一緒だったニコがグラスをなげつけると、それがチンピラの顔にあたってくだけた。そいつは私の後ろにいる男がやったと思ったのだ。

暗闇だとみんな良く見える

ドアを閉めたら　夜は永遠に続く
太陽の光を締め出し　こんにちはと言うこともない
みんなダンスして楽しんでいる
出来ることなら　ぼくもそうしたい
君がドアを閉めたら　ぼくは昼を二度と見なくて済む
昼を二度と見なくて済む

マーダー・ミステリー

A

シルクスクリーン幻想のキャンディ・スクリーンの包み紙、思い出を必要としながら、愛らしく罪が無くて、時代のたそがれと共に赤みをおびて愛らしく、笑いと共にきたならしく愛らしく官能的に、的を射たくすくす笑い、熱情への倦怠、一番見せかけの欲望を正当化しようと、時間を調整する、最も真剣に緊急に、最も不快な時の顔に浴びせるために、最も手軽で空虚な返答を求めながら、ほとんど焦げた言葉で、熱情の心臓の鼓動と共に、お

B

[鈍くて活発な動詞代名詞を侮辱し、視覚的下水溝のふるいを串刺しにし、すべての門を押えているハンドルを開け放ち、すべての汚物を吸いこみ　読む価値のあるすべての本と人たちを読み　天井の空の汚物をまだ見続ける　目玉に穴を穿つ]

これはもう一つの実験。歌詞Aはステレオの左に録音され、同時に歌詞Bがステレオの右で朗読された。音楽は真ん中だった。私は言葉を楽しんでいたし、聞く人が二つの正反対の感情を同時に持てるかどうか考えていた。私はジョン・ケイルをヴェルヴェット・アンダーグラウンドからやめさせた。

ちぶれた売春婦の優雅さと
共に外へ吐き出す、大きな
懸念、高貴な生まれ

旗を　上げて　ください
ピンク　　　　がかった
カーペットの　　　妬み
英語が　ここで　使われた
この使者は　　　神経質だ
この広間に　　　　いても
少しも面白くない

[ミスター・ムーンライト
瑞々　　　　　　　しい
なめらかさで　　　豪華
すてきだろ？　　私たちは
ナンバー　　・　　ワン
ユニークでいることってす
てきだろう？]

金切り声と叫びといろいろ
な侮辱のせいで、女王を押
しさげ、風呂桶にかがませ
ろ、州、国、委員会に対し
て、彼女の頭を水の下にど
うか１時間つけておいて、
屈伏と吐き出すことといろ
いろな侮辱のために、スズ
メの羽でそのデブに穴をあ
けろ、逆から、対面から、
反対から、裏面から、尖っ
たスズメの羽の突端で、多
すぎて表現しきれないしか
るべき報いのために、その

[うちとけて裏返ってひっ
くり返って変態返って変態
返しのひっくり返しを裏返
して裏返して裏返して裏返
して裏返して裏返して　そ
れを細かく刻みそれをむし
りとって切って吐き出し一
つ目小僧の端っこの喜びに
それを縫いこむ　そして円
筒形の覚書きの端っこの怒
りにそれをスピネットす
る]

女王がデブでネズミにむさぼり食われる、ネコの皮を剝ぐか、ネズミに毒をもる方法が一つある、今まで4回ここに聞く、3回はっきり述べられるために

作り笑いを　している、
青二才の　陰気な
あの卑しい奴を　下ろせ
誰がおまえを入れたのだ？
もし私が　知っていて、
逃れられ　たら、
おまえが　見た　殺人は
私にとってミステリーだ

[親愛　なる
ミスター　・　ミューズ
機知に富み育ちの良いやつ
中世の　計略
浅はかな　ものと　空虚な
ものを　満たしながら、
決闘する　愚か者たち
プールでの決闘]

ランボーとオズワルドへ、ピーナッツとケチャップへ、神聖ぶったおべっか遣いが藪の中で動き出す、聖書の上に足をのせ　スタンドに立ち　王として私は命令し、常に目覚めなければならない。もしおまえが純真な王に追いついて、吐きまくって吐きまくると誓っ

[詩人を壮麗な幻覚でじらし、堆肥の悪臭でかれらの顔が青くなる、死者の失くしたものを生物が保とうと懸命に努力するように、犠牲を払った書きものに二重にまったくうんざりしてそして商売で商売で裏返し裏返し脳をくらくらさせてひっくり返して変態返し]

ても、私にキスしてぐるぐ
るまわし、私がふらふらし
て暗い不思議をさ迷うこと
を許せ、私から礼服の縫い
合わせ目のハリーとブタの
肉　はぎとり、国の運命が
あなたの胸にしっかりと抱
かれている、王座の王、彼
の礼服に手をかける、逆の
拷問とシルクスクリーンと
ハリー、そして、その舌を
ひっくり返して裏返して悲
鳴をあげさせる

異議は　十分　サル真似と
触知できる　　　　バスーン
私を　　　　　　　オーボエ
ウイルスの部分に非常線を
はる　左側に　追いやられた
ものは　右側にないもの

[英語　　　　　　　不可解
逆上に　　　　　　　同等の
私に　　　とっての　　　死
みだらな　　老いる　　熱情
肥満した　　　　　　　汚れ
絹を装った]

退屈さへの、軽蔑、軽蔑、
軽蔑　私は街に毒をもり、
炎で沈めよう、コードレ
ス、ハリー、猿豚とハサミ
のために、使者のかつらは

[安っぽいサルのようなメ
ロディーと共にヒルビリィ
が流れ出す、文盲がふらつ
いているから、安っぽい理
解のせい、集団理解のた

欲望を備えているようだ、ブルーベリーのピクニックのために、鼻メガネとおしゃべり、使者のスカート、それをもう少し高くかけてくれませんか、90歳以下のすべての大人と子供のために、どんなに本当にむかついていることか！　それを下ろしてくれませんか？この争い事の中の迷いはとっておくコンドームほどの価値もない、王として、私はとても公平だが、しかしそれは単にまったく不可能だ、ローブとローブとローブとこうもり、二重階級ではない
逆は
ウソを死に値するものにする

め、その単純さその裏返し、その堆肥、そのひっくり返し、鈍くてばかなこと、そして商売、商売、そして安っぽくて、バカげた歌詞、そして本物が死につつあるときに単純な集団が裏返る]

そのブタを　受け入れろ、
フクロウと　ゴージャスが
登場、　王は左に　それを
右に、　そして　彼が

[庶民的なクナックヴルスト
フレンチの皮を　剥がして
きみは　何を　見つけるか？
卵胞が　からみ合う、

巻物を　読み上げながら、彼の鼻を調整している

彼の頭をとれ、彼の頭を首から取り外せ、愛らしく罪の無い思いを要求しながら、彼の目を取り出し、彼の鼻を切りとれ、神聖ぶったおべっか遣いが藪の中で動きだす、彼の脳を掬い出し、彼の耳があったところに糸を通せ、王のすべての馬、王のすべての家来たち、そのワイヤーの先でこのごちゃごちゃすべてを振り回す、カミソリの刃の先で目をえぐりだせ、そのワイヤーをバラの先から伸ばさせろ、キャロライン、キャロライン、キャロライン、ああ！　しかし、かつて鼻だったものの残りはとっておけ、私のローブをとってくれ、風呂桶に水を満たしてくれ

面白味のある散文　ローブの中に包みこまれている]

[ジャンプスーツとブタの肉と彼の財産を築く一方で、裏返しとひっくり返しでかれらを幸せにしているあいだに、かれらを幸せにして　かれらを幸せにしてはにかみと愚かさで　もう一人のバカなおべっか遣い、やつが一つのことを差し出す、他のことを歌っているあいだに、しかし、本物は孤独で誰の兄弟でもない]

誰も　　　　知らない
鼻が　　　　ないことは
良い　　　　知らせで
意味がない
そのワインを　　広めよ
自己の　無いことに　乾杯だ
10 年もののポートワイン
は宮中で完璧だ

カスバとカスケードとロー
ズヒップと感情、カスケー
ドと青酸、ラフマニノフ、
ベートーヴェンの頭蓋骨
おろかなワゴンと正義とひ
ねくれ、裏返してひっくり
返してひっくり返してひっ
くり返して、ブルーベリー
のカタログ、疑わしい収
入、ペテン師の嘆きと、吟
遊詩人たちを噛み砕き、泥
の上で窒息しているあいだ
に、その残りの連中は戦い
ひっかきまわし威嚇し傷つ
けるために泣く、病気が日
替り秩序に見える、王を楽
しませよ、王を楽しませよ、

[安全は　　　　良いこと
あさはかな　　　　言葉は
一言も　　　　話されない
おそろしくて、　　悪い夢
可愛らしい　　　歌の中で
安全に　　　　　　なった
運命も　　　　　　暗影も
この部屋では許されない]

[おお、夜に密告されたり、
調べられたり、鼻歌を歌わ
せられたり思い出されたり
しない　この私が一人でい
る時は、しかし、串刺しに
し、破壊し　踏みつけ、裂
くことになっている、ダイ
ヤモンドの優雅さと好戦的
な機知で、どぎもを抜き、
そんな石のような言葉で心
がぐらつくように、聞こえ
ない連中は再び家に戻れな
い]

王の日を楽しませよ、カス
バとカスケードとローズヒ
ップと感情、秩序のポイン
トは王を天井に戻らせる

らんちき騒ぎ、
私の　肩には　何もない、
欲情は　　絶対　　必要、
頭を　　　　　　そったら
私はもっとハゲになった、
もし　　　　　よかったら
私が汝にもってきたものを
読んでくれないか

［レイに　　　こんにちはと
言って　　　　　　　くれ
ゴダイヴァと　エンジェル
にも　　　　　こんにちはを
誰が　君を　入れたんだ？
すてき　　　じゃないか？
パーティー　　　　　は？
夜になると、このライト、
きれいじゃないかい？］

病気の葉と悲しみとペンチ
網バサミ、考えろ、そして
結婚の娘たちから控えろ、
年上や乳母車の中の子供に
敬意を払え、考えろ、考え
ろ　裏返しとひっくり返し
と変態返しと反対　そして
多様な　裏返しと裏返しの
病人　愚か者からの敬意と
そしてポンプ貯水のラク
ダ、脳がレントゲンには弱

［軽蔑、軽蔑、騒然として
いるものへ屈辱　ねじれて
ぐるぐるまきのくだらない
ルポルタージュへの軽蔑、
体と不吉な神聖さにうんざ
りしたことへの軽蔑その溺
れて破裂したブルー・ベイ
ビーたちは死んで海辺に打
ちあげられた、勇敢な騎手
たち、かれらは天井からぶ
らさがる、カーペットの上

すぎ、汚れと皮まで切って
剝いて皮まで骨まで赤く青
ざめはれあがるまで形作っ
て形作られ形作られ形作ら
れ形作られ考えろ控えろ考
えろ控えろ、病人、愚か
者、裏返し、ひっくり返っ
て変態返し

のブタ、ほこりっぽい青ざ
めた精液はシーソー酔いに
は何の効きめもなく　裏返
し反転返し　ひっくり返し
さまざまのひっくり返しの
ひっくり返しと裏返しの対
面返しと変態返しと花火の
ような華やかさ　もう一つ
裏返って　ひっくり返って
さまざまの　変態返しと裏
返し　連中が自分たちの脳
みそをかじり、地獄の墓場
は呪われている、かっこつ
けたものとクズたち、ひっ
くり返って　裏返って　変
態返し]

それが　追い払われている
あいだに　　　　　　耕す
愚かで　　　出来上がった
ブタの　　　　　　　　肉
カーペットの　上で　病気
棺に　　　　　上り込み
パラペットの中の　　安全
大袋は　パラペットの中に
ある　　　　　ブタは外で

[階段の上で　　病気になり
カーペットの　　　　上で
病気に　　　　　　　なり
枕の上の　　　　　　　血
パラペットに　這いあがり
教会の　　　　　　　鐘が
輝いているのを　　　見る
病気の皿を　　削るナイフ
空気穴だらけの　　入れ歯

ブーブー　鳴いている
海辺の屠殺　海外警備員が
溺れているのを　見る
海は　魚で　いっぱい
魚は　瀬戸物で　いっぱい
瀬戸物の皿が　落ちる
すべてが　倒れる
病気で輝く　カーペット
目の前で横になり、　目が
私を　天井へ　導く
壁の上を　歩き
緑の芝生　みたいに
柔らかい　壁
ウィスキーの恐怖を　飲み
若い少女たちが踊っている
のを見る　海岸のハエ
海岸は船乗りのためのもの
防波堤の向こうの尼僧たち
黒ずきんの騎士たちは怒り
剣士たちは火を食べる

カーペットの　上の　火
家を　燃え立たせ
押えこみ　炎に包みこみ
優しく地面に　地面に
ディジー・　ベル・

その　洋服屋は
まっすぐに　縫えない
彼女を穴だらけに撃ち抜け
棺に　這いあがる
棺に　私を　連れていけ
彼女の　赤い喉の上の　歯
デイジーにねじこんでくれ
彼女の叫びを　引き裂き
海の幻想を　切り取れ
彼女を船乗りのように扱え
満ちて　自由で　神経質で
彼の　財産を
作ろうと　努力しろ
こっちか　あっちの方か
病弱でも　健康でも
建物に　小便をかけろ
訓練中の　犬みたいに
頼みこむか　叫ぶことを
教えろ　歌う歌のヨーデル
カーペットの上で]

[くすぐったいポリエステル
パラペットの　中で
病気に　なって
1ドルで　セックスする
消火ホースを　くわえる

ミス・　フォーチュン
デブで　愛液でいっぱい
カーペットに　滴らせ
消火ホースより　下に
泣いて　ウィスキーの幸運
私を　月まで
乗せてって、　ディア
地下牢に　閉じこめられた
酔っ払い　船乗りたち
頭のないローマ人の騎手た
ち　王と女王は空っぽ
かれらの頭は屋外便所の中
水の上の　魚
救世主の上の　ボウル
歯無しで　かつらを
かぶった　桂冠詩人
単純で　気まぐれいっぱい
レターヘッドの上の　名前
すべての　小麦麦芽を
印象　づけて
5セントで　あなたを愛し
25セントでセックスする
棺に　火をつけ
やさしく燃やさないように
ゴム線を　かむ
チーズトーストと　椅子に
しばられ　別の
プレイヤーに　払えよ
おお、　おまえは　なんて
イイやつなんだ　ほら
もう1ドルやるよ　彼を
ベッドの支柱に縛りつけろ
魔女の集会に　うんざり
生肉を　欲しがり
メタルの上の　骨
サークルの上で　酔い
カーペットの　上で
パラペットの　下で
おまえの　値付けを
待って　いる
カーペットの上の　ブタ
膨脹した　鉄道
神経　麻酔の
アナログ　じっくり
見る　準備が
できている　樺の
枝むちに　よだれを垂らし
樺の枝に　ぶら下がる
面白味のあるネブラスカ]

フェリーボート・ビル

フェリーボート・ビル　家に帰りませんか？
あんたの妻は小人の息子と結婚しているんだよ　わかっているだろ
まぁ　事のしだいをかいつまんで言えば　そういうことだ

私の人生物語

私の人生物語
間違っていることと正しいことの違い
でも　この二つは死語だとビリーが言った
それが私の人生物語

ファクトリーの写真家ビリー・ネイムがこれを言った。それから、私がレズビアンだとも言ったから、彼の言うことはまともにとってはいけない。

ロックンロール

ジェニーがまだ５歳の頃
退屈しきっていると言った
いくらラジオをつけても
面白いことは何もなかった
ところが　ある晴れた日の朝　ラジオをニューヨーク局に合わせると
彼女は耳を疑った
そのステキなステキな音楽に合わせて踊り始めた
彼女の人生はロックンロールに救われたってこと
手足をもぎとられてどんなに孤立しても
ロックンロールを聞きながら踊れる

ジェニーがまだ５歳の頃
両親が退屈で退屈で死にそうだと言った
２台のテレビと２台のキャデラックがあっても
何の助けにもならないと
ところが　ある晴れた日の朝　ニューヨーク局に合わせると
彼女は耳を疑った
そのステキなステキな音楽に合わせて踊り始めた
彼女の人生はロックンロールに救われたってこと
手足をもぎとられてどんなに孤立しても
ロックンロールを聞きながら踊れる

あれで決まった

スウィート・ジェーン

街角に立つ
ぼくの手にはスーツケース
ジャックはコルセットをつけ　ジェーンはベストを着ている
そしてこのぼくはロックンロール・バンドに入って
スタッツ・ベア・キャットに乗っている
時代が変わった
詩人はみんな詩のルールを勉強して
淑女たちは目を丸くした

ジャックは銀行家
ジェーンは事務員
二人とも金をためている
仕事から帰ると
暖炉のそばにすわる
ラジオからは
「木の兵隊のマーチ」が流れる
ジャックがこんなことを言う

ダンスにいくのが好きな人もいるし
働かなければならない人もいる
なかには悪魔的な母親もいる
この世はクズばかり

女たちが本当に気を失うこともなければ
悪党たちはいつも目くばせするし
頬を赤らめるのは子供たちだけ
人生は死ぬためにだけある
でも　思いやりのある人は
背中を向けたり傷つけたりしない
人生で役を演じた人は
背中を向けたり憎んだりしない
可愛いジェーン　可愛い可愛いジェーン

ニューヨーク的電話の会話

静かに昼寝をしていると電話が鳴る
向こうの端でしゃべっているのは誰だろう
ここはぼくの家だったかな
彼女の仕打ちを聞いたかだの
この話を聞いたかだの
ニューヨーク的会話が頭の中でからまわり

ああああ　何を着よう
ああああ　誰が本当に気にするんだい

ただのニューヨーク的な会話
いつものゴシップ
誰が誰にどうしただの
年がら年中同じこと
誰が触ったとか　誰がちょっと探検したとか
ここはショーの街
ショーの始まり　ショーの終わり　乗りの悪い会話
誰もが知っている

ああなんて悲しいことだ　なぜ電話するんだろう
ああうれしい　君たちの声が聞けて

ぼくは電話をかけている
ただ君と話したいから
電話をかけている
君と一緒にいられないなら
今夜のうちに死にそうだから
もし—君と—一緒に—いられ—ない—なら

冒険してみろよ

ホリーはフロリダのマイアミ出身
ヒッチハイクでアメリカを縦断
途中で眉毛を抜きながら
スネ毛を剃ったら　女になった
坊や　冒険しなさいと彼女が言う

キャンディはロング・アイランド出身
奥の部屋ではみんなの恋人
尺八をやっている時も気は確か
(黒人少女は言う
ドゥードゥドゥードゥドゥー)

リトル・ジョーは一度もただでやらせない
誰もが高い高い金を払わされた
ここで売ったり　あそこで売ったり
ニューヨークではみんながこう言う
ヘイ　ベイブ　冒険してみろよ

ネルソン・オルグレンの「荒野を歩め（A Walk on the Wildside)」(『荒野を歩め』収録、1956年。晶文社）をミュージカル化する話があった。その企画が流れた時、自分の曲を作り、本の人物をウォーホールのファクトリーの人物におきかえた。ものを無駄にするのは嫌いだ。

シュガー・プラム・フェアリーがきて　通りに立った
ソウル・フードと食べるところを捜して
アポロに行った
あいつらがゴーゴーを踊っているのを見とくべきだったよ

ジャッキーはひたすらぶっとばす
一日だけのジェームス・ディーンのつもりだったのだろう
だから　ぶっつかるはめになったのだ
バリウムを飲んでたら　あの痛みも少しはましだっただろう

ヘイ　冒険してみろよ
黒人少女は言う　ドゥードゥドゥードゥドゥー

アンディのひきだし

この世で飛べるものになれるとしたら
コウモリになって君を追いまわす
この前君がここにいた時　ものごとがちょっとずれていたら
まぁ　暗くなったらいろいろと起こるものだ
ガラガラ蛇が皮と心を失い
伝道師たちが帆船を失う時
ああ　すべての木々が君を呼びとめ
すべての毒々しい狙撃者が君を狙う
すべての山も君の前ではおとなしくみえるだろう

かみつくものになれるとしたら
繋がれた大ヤマネコになるより　凧になるほうがましだ
そして　君の紐の先につながれる方がいい
夜　空中に飛んでうぶ毛を全部剃ってしまったときの
ハニーベアの話は知っているだろう
良くない心を持ったピンクのむきだしの熊になるんだよ

すべてのボールが君のために転がりだす
石が全部君のために噴出
やすっぽい吸血者がみんな君を追って飛んでいく

昨日　デイジー・メイとビフが通りで楽しんでいた

映画のように女の手足が入れかわり
ヘソが口になった
話すことを自分で味わうというわけ

でも　おかしなのは彼女の鼻がどうなったかだ
つま先まで伸びていった
みんなが彼女の足が臭いっていうのは鼻のこと

ダイヤモンドをちりばめたカーテン　これは君のため
ローマ貴族たちも君のため

王国のキリスト教徒の兵隊も　君のため
溶けている氷の山頂も君のため
燃え立つ銀色のローブをまとった騎士たちも君のため
キスで王子に変わるこうもりも君のため
スーッ　スーッ
ああベイビー　ロック　ロック
スーッ　スーッ
ロック　ロック

大金持ち

大金持ちが帝国を滅ぼす話はよくある
一方　貧しい生まれの男が何もできない話もよくある
金持ちの息子は父親が死ぬのを待つ
貧しい家の息子はただ飲んだくれて泣くだけ
おれはと言えば　まったく気にしない

大金持ちが何一つ出来ないのはよくよくある話だ
貧しい生まれの男は何でもできるという話もよくある
心底　かれらは男らしくふるまおうとしている
できるだけ良い方法でものごとをさばく
かれらには頼りになる金持ちのおやじがいない

大金持ちが帝国を滅ぼす話はよくある
貧しい生まれの男は初めから何もできないのに
金をつくるには金がかかると言う
フォードを見てみろよ　連中も元はそうだった
おれにとってはおんなじこと

ここから六つの歌はアルバム『ベルリン』から。コンセプト・アルバムで、歌が互いに関係しあっている。基本的には、恋人が出来て、そして失恋した少年の話。ベルリンへは一度も行ったことがないが、分割された都市というアイデアが大好きだ。

大金持ちが死にたがるのはよくある話だ
一方　貧しい生まれの男たちが金持ちの持ち物を欲しがる
そして　手にいれるためなら死ぬだろう
人生が与えてくれるすべての偉大なもの
かれらは金を手にして暮らしたい
でも　おれにとっては　まったくどうでもいいことだ
大金持ちも　貧しい生まれの男たちも

ベッド

ここが　彼女が頭をのせたところ
夜　彼女が寝たときに
ここがおれたちが子供をつくったところだ
夜になると　ロウソクがその部屋をあかあかと照らした

ここが　彼女が手首を切ったところだ
あの異様で運命的な夜に
おれは言った　ああなんていう気持ちだと

ここがおれたちがかつて住んだところだ
おれは愛と血でそれをあがなった
これは彼女が棚に残していった箱だ
彼女の詩や持ちものがつまっている

これが彼女がカミソリを取り出し手首を切った部屋だ
あの奇妙で運命的な夜に

こんな形で終わるとわかっていたら
ぜったい始めなかった
けれども　おかしなもので

結婚した。

こんな形で終わったことが　ちっとも悲しくない

ここが　彼女が頭をのせたところ
夜　彼女が寝たときに
ここがおれたちが子供をつくったところだ
夜になると　ロウソクがその部屋をあかあかと照らした
そして　ここが彼女が手首を切ったところだ
あの異様で運命的な夜に
そして　おれは言った、ああ　ああ　ああ　ああ　なんていう気持ちだと
ああ――なんていう気持ちだとおれは言った

子供たち

やつらは彼女の子供たちをとりあげた
良い母親じゃないと言って
彼女の子供たちをとりあげた
彼女は　姉妹や兄弟
そこらの警官きどりの連中と
片っ端から寝ていた
ぼくの前でもいちゃつく

やつらは彼女の子供たちをとりあげた
彼女は良い母親じゃないと言って
彼女の子供たちをとりあげた
噂に聞く彼女の行ないが原因で
あの黒人の空軍の軍曹が初めての男じゃなかったし
彼女がとったすべてのドラッグ　あのドラッグもこのドラッグも

ぼくはウォーター・ボーイ
本当のゲームは終わったわけではないけど
ぼくの胸はいっぱいだ

ウォーター・ボーイ　スポーツ大会の助手の助手で何でもやる雑役係。特に水を選手たちに運ぶ。すべてを見ている。

ぼくは単なる疲れた男　言う言葉もない……
娘を失ってから
水でいっぱいになったのは彼女の目だ
このぼくは　ぼくはこのままでずっと幸せだ

やつらは彼女の子供たちをとりあげた
良い母親じゃないと言って

やつらは彼女の子供をとりあげた
ナンバー・ワンがパリ出身のガールフレンドだったから
二人がやったこと　わざわざぼくたちに聞くまでもない
二番目は泊まりに来たインド出身のウェールズ人

やつらは彼女の子供をとりあげた
良い母親じゃないと言って
やつらは彼女の子供をとりあげた
通りでやっていたことが理由で
バーや路地で彼女は一番だった
あのみじめな腐った売春婦はだれでも受け入れた

キャロラインが言うには　II

床から起き上がりながら　キャロラインが言う
なぜあたしをなぐるの　ちっとも面白くないわ
目の化粧をしながら　キャロラインが言う
あんたは自分をもっと知らなくちゃ　もっと考えなくちゃと

彼女は死ぬのがこわくない
ともだちはみんな彼女をアラスカと呼ぶ
彼女がハイになっている時　みんなは笑って彼女に聞く
彼女の心の中にあるものは何
心の中にあるものは何

床から起きあがりながら　キャロラインが言う
気がすむまでなぐってよ　でももうあんたを愛さないから
唇をかみながら　キャロラインが言う
人生はこんなもんじゃない――こんなの最悪のトリップよ

彼女はにぎりこぶしを窓ガラスにつっこんだ
ほんとにへんな感じだった

アラスカはすごく寒い

悲しい歌

ぼくの写真帳をじっと見つめている
彼女はスコットランドの女王メアリーみたいだ
ぼくの目にはものすごく堂々として見えたのに
それがまったくの勘違いだったとは
時間を無駄にするのはやめよう
他のやつなら彼女の両腕を折ったことだろう

ぼくの城　子供と家
ぼくは彼女がスコットランドの女王メアリーだと思った
ものすごく努力したのに
全くの勘違いだとわかっただけ

時間を無駄にするのはやめよう
他のやつなら彼女の両腕を折ったことだろう

離婚した。

どんな気持ちかわかるかよ

どんな気持ちかわかるかよ
スピードでハイになって　孤独なとき
どんな気持ちかわかるかよ
少しでいいから　としか言えないとき
少しでいいから　物を持っていたら
少しでいいから　金を持っていたら
少しでいいから　少しでいいから　少しでいいから
どんな気持ちかわかるかよ
こんなことがいつ終わるのかわかるかよ

どんな気持ちかわかるかよ
５日間もハイになりっぱなしのとき
眠るのがこわいから　いつもさがしまわっている

どんな気持ちかわかるかよ
飢えてコズルい気分になることが
どんな気持ちかわかるかよ
代用セックスしかないってことが
どんな気持ちかわかるかよ
こんなことがいつ終わるのかわかるかよ！

ここでのスピードは注射で射ち込める液体メセドリンのこと。

こんなことがいつ終わるのかわかるかよ！

刺　激《キックス》

ようおまえのやり方は？
何が楽しみで生きているんだよ
ようおまえのやり方は？
どうやってアドレナリンのめぐりを良くしているんだい
おまえがあの小剣であいつを切ったんだよな　おい
おまえがやったんだぜ　荒っぽく
血がやつの胸を流れ落ちるのは
セックスよりもイイもんだぜ
さぁ　さぁ　さぁ
女と寝るよりはるかに良かった——なんつったって　あれを
　やったらしまいだ
誰かを挑発して
ただ
誰かを挑発して
やつらを殺す
やつらを殺す

そうするのは　刺激《キックス》が欲しいから
ヘイ　ベイビー　今すぐ何か刺激《キックス》が欲しい
おれはマジに退屈している　喉から手がでるほど刺激《キックス》

友人の中には犯罪者もいる。

が欲しい

息子殺し

精神科医づらしたロクデナシが電気ショックをやっている
精神病院にいるかわりに
おやじやおふくろと家で暮らせるようにしてやるからとやつ
　らは言った
でも　いくら本を読もうとしても
17ページも進まない
読んでいるところを忘れてしまうから
読むことさえできない

おふくろが電話でぼくに言ったよ　オヤジをどうしたらいい
　のかわからないって
オノでテーブルを叩きわったのだ　結婚してうれしいだろ
妹　彼女はロング・アイランドで結婚した
亭主は汽車で通勤
大きくてデブ――ヤツには脳がない

クリードムアでぼくは手厚く治療された
ペイン・ウィットニーはさらに良かった
ぼくがPHCで狂っていたときは

クリードムア、ペイン・ウィットニー　ともに精神病院。／**PHC**　ドラッグ。

ものすごく悲しかった——一通の手紙も受け取らなかった
ぼくたちがやったドラッグ　あれはみんな面白かったけど
巷のクリスタル・スモーク入りのソラジンを射ちこまれたら
みごとに窒息するぜ

知らないのかい？
やつらはあんたの息子を殺す

クリスタル・スモーク　通りで売られるドラッグ。／**ソラジン**　分裂病用の鎮静剤。

スライド

おれはゲイの連中にうらみはないけれど
おかまたち　やつらはまるで売女だ
何年も前だったら　やつらを見つけしだい
あしらってやる　アラバマの小さな町でも
おれたちは　はっ　はっ　は
スライドしろよ
スライドしろよ
ベイビー　やった方がいい

いまじゃ　やつらは自分たちだけの風呂を手にいれた
エンターティナー付きで
オペラだと
有名なやつらだ
しかも　ビッグな連中だ
でも　おれたちはやつらのやっていることを知っている
同じことじゃない
おれのようなやつは
やつらを憎んで　ぶんなぐる　そうする

この歌は賞を受けた。ユージン・マッカーシィ議員が私に授与した。彼はこの詩を読んだのだろうか。彼はテレビで見るより背が高かった。

スライド　フェラチオのこと。

やつらをぶんなぐりたがっている　そうなんだよ

連中はゲイのやつらをぶんなぐりたいし
若い奴にくわえてもらいたがっている
連中の欲しがるものを見せろ　バン！　行け
スライドしてもらえ

おれの言っていることが
わかるかい　**決めろ**

おれは女にしか
腕に針を入れさせない
クールな連中には親密すぎる
生理のときのセックスみたいだ

おい　女が血管をしばらないで射ちこんだら
彼女も仲間の一人だ
彼女はスライドしなくてもいい　誰？
デッカイの以外は　やる

世界の半分はH_2Oだから

海軍
入隊の勧告を無視して
ぼくたちは泳ぐことを習う
泳げない者たちは
航海術を習う
もっとおかしなのになると
水上スキーを習う
水のことなど考えない者たちは
ああ　かれらは乾いた土地を夢見る
大陸は海で形づくられているから
これはまったく無理なことだ

一時的なこと

おい　ビッチ　なぁ　ベイビー
早く消えたほうがいいぜ
たぶん　あんたは金持ちになりすぎたんだ
前にもこんなことはあった
背中を向けるなら
さっさとドアから出ていったほうがいい
おれは知っている——これが一時的なことだってこと

あんたは本をよみすぎたし　芝居をいっぱい見すぎた
それで　こういうことがあんたをどこかへ行かせてしまうなら
待てよ　おい　待てよ　もう一度よく考えたほうが良い
あんたは育ちが良いから——今の情況が良く思えないのだ——でも
これは一時的なことだ

番号はどこ　硬貨はどこ　電話はどこ
おれはまるで他人みたいだ　あんたは家に帰るんだろう
あんたのおふくろ　おやじ　あの弟め
連中の意見はおれのと違うだろうな
でも　おれは気にしない
かれらがおれよりマシってわけじゃない

おれにはわかっている
これは一時的なことなんだ

悪循環

悪循環にはまりこんだ
いわゆるダチに囲まれて
悪循還にはまりこんだ
もう抜け出せないって感じだ
悶着がすきな連中もいれば
嫌いなのもいるからな
うんと言うやつの数だけ
視線でだめというやつがいる

悪循環にはまりこんだ
いわゆるダチに囲まれて
悪循環にはまりこんだ
もう抜け出せないって感じだ
勇気があると思う連中もいれば
そうじゃないという連中もいるし
自業自得だという連中もいれば
カッカとしているときのあんたを冷たいと思う連中もいる
他人が思っているのはこんなこと

クズ

前に話したときからだいぶ経った
あのときは絶好のタイミングだっただろ？
おまえが今抱えている問題　もっと悪くなるぜ
おれがそのことをどれだけ楽しんだか知って欲しいよ
おまえはブタみたいなやつだよ　この世には正義ってものがある
おい　何とか言えよ
おまえの良心の無さ　モラルの無さ
ますます多くの連中が気づいているぜ

このあいだの夜　おれと仲間が集まった時
みんなで　一番はまっている言葉を見つけようとした
おまえとかおまえのようなやつにぴったりの言葉をな
何の主義もない　何の主義も持ち合わせてないやつらに
何とか言えよ
一体どこの誰がクソをくってうまいと言うんだい
それで自分に金が転がりこんでくるとしても
おい　テキサス出身のボビー・フラーっていうやつの歌を覚えているかい？
歌ってやるから聞けよ　こんな具合だ

当時のマネージャー兼弁護士のことだ。

おれは法律と闘って　法律が勝った
おれは法律と闘って　法律が勝った

おまえはほんとにクズだ

黒人になりたい

黒人になりたい
ナチュラル・リズムを身につけて
６メートル先まで精液をとばし
ユダヤ人のやつらを痛めつけてやる
黒人になりたい
パンサーの一員になりたい
サマンサという名前の恋人を持ち
魅力的な娼婦だらけの館を持って
ああ　黒人になりたい
どうしようもない中流階級の大学生なんかになりたくない
ただ魅力的な娼婦の館を持ちたいだけ
イエー　イエー　黒人になりたい

黒人になりたい
おれはマーチン・ルーサー・キングみたいになりたい
そして　春に殺される
それから　一つの世代をリードして
ユダヤ人をぶちのめす

黒人になりたい　マルコム X みたいになりたい

ブラック・イズ・ビューティフル。

ケネディの墓にのろいをかけて
でっかいチンポコも持って

どうしようもない中流階級の大学生なんかになりたくない
ただ魅力的な娼婦だらけの館を持ちたいだけ
イエー　イエー　黒人になりたい

ストリート・ハッスル　I／ワルツィング・マチルダ

ワルツィング・マチルダは財布をさっと取り出した
セクシーな男はびっくりしながら微笑んだ
数字に細かくない女は20ドル札を4枚とりだした
誰もが1日だけの女王になれる
オウ　ベイブ　あたしはすごく燃えているの　どんなにあなたの体に魅かれているか知っているでしょ
ここから一緒に抜け出さない？
知ってるでしょ　あたしが遊ぶなんて珍しいこと
シャラララ　こっちよ
オー　シャラララララ　シャラララ
ヘイ　ベイブ　抜け出そうよ

おいしそうでゴージャスで　ああなんていう筋肉なんでしょ
州兵を呼んでこなくちゃ
光る合板張りのカウンターの上で男が金を拾いあげたとき
女はあっというまにイッた
ゆっくりと床に降り立ちながら　男は女をまるごと
大胆にこの世から持ちあげた
みんなのあざけりにもかかわらず　女はそれが
気晴し以上のものだと証明した　シャラララララ　そのあと
シャラララ　彼は彼女の中にゆっくりと入って　自分が何者かを示した

シャラララ　女がいつまでもイカないように
男はやさしくセックスした
シャラララ　シャラララ
太陽が昇り　男は去っていった
わかるだろう　シャラララ
二人とも何一つ後悔しなかった

ストリート・ハッスル　II／ちまたのいざこざ

おい　あの女　息してないぜ　何かの飲みすぎなんかだぜ　わかるだろ
おどすつもりはないけど　ここに連れて来たのはおまえだし
ここを出るときも　女を連れ出すのはおまえの役だよ
だます気もないし冷たくするつもりもないし自分の気持ちをさらすつもりもないけど
わかってるだろ　みんな感情的になると　ときには
わけのわからないことをやるもんだ
やつらはテレビにでも出ている気だ
シャラララ　なあ　おい――ズラカッちまえよ

出会えて良かったよ
話ができて楽しかった　もう少し時間があったらって思うよ
でもあんたの女がなぜ死んじまったのかを警察に説明するなんて面倒だそれで生き返るわけじゃなし誰も何も出来やしない　もし誰かが何か出来たとしたら
真っ先に助けていたよ
けど　あれだけ青くなっちまったら　もう万国共通の事実で
あの女は二度とファック出来ないってことよ
言いたかないけど　おまえがもってきたブツは
ほんとにひどかった
まわりの小娘たちにもっと気をつけろよ

最高でなければ最悪だ
おれは必要がないから選ばない
これが客をもてなす方法じゃないってわかっている
けど　女の両足をひっぱってって
暗い通りに放りだしてこいよ
朝になりゃあ　いつもの轢《ひ》き逃げで済んじまう

選択の余地がない連中もいる
やつらはしゃべる声を見つけることさえ
出来やしない――
自分のものと言える声をよ
だから　やつらは最初に見たことを
そのままうのみにしちまう
やつらはそれに従う
そういうのを何て言うか知ってるだろ――

ツイてない！

街の灯

こういう街の灯って　通りに生命を吹きこんでないか
こういう狂った夜がおれたちを結びつけていないか
どんな雨の日も踊れば憂鬱な気分がふきとぶ
こういう街の灯がおれたちを結び付けていないか

チャーリー・チャップリンのステッキが雨を払いのけた
あいつが現れてから　ものごとが変わった
でも　おれたちが頼んで　あいつが出ていったら
あいつがいなくなってから　ものごとが変わった

おれたちは自由な国のはずで
あの街の灯も永遠に燃え続けるはずなのに
あの角の街灯に寄りかかっていた　あの放浪者が
あいつが去ったとき　あいつのユーモアも永遠に去った

こういう街の灯って　通りに生命を吹きこんでないか
こういう狂った夜がおれたちを結びつけていないか
どんな雨の日も踊れば憂鬱な気分がふきとぶ
こういう街の灯がおれたちを結びつけていないか

チャップリン　1952年共産主義者と噂され、米国への入国を拒否される。

家　族

ママ　家族がみんなどうしているか話してくれよ
それでさ　ママ　自分のことも話しなよ
妹よ　結婚したってきいた
可愛い女の子が生まれたってことも
あんまり知らないいとこやおじさんもいる
おれが飼っていた犬のチェルシーまでいるじゃないか
初めは家族の誰一人この犬の面倒を見たがらなかったのに
それなのに今じゃおれよりもこの犬のほうがはるかに家族の
　一員だ
おれはあまり家には帰らない
そう　おれはあまり家には帰らない

ママ　あんたがおれにどんなにがっかりしているか知ってる
パパ　あんたも同じ気持ちだろ
おれはまだ結婚してないし
孫を抱かせてやる
予定もない
ところで　オヤジ　商売のほうはどうだい
あんたの株が急上昇しているのは知っている
そうだよ　オヤジ　あんたはもう貧乏じゃない

実生活ではパパ、ママ、オヤジという言葉は使ったことがない。

それに気づいて欲しいな
死ぬ前にさ

頼むから　この話を蒸し返すのはやめてくれ
おれの生き方をどれだけいやがっているかわかっている

もう一度だけ言うけど　おれは家業なんかいらない
あんたが死んだってそんなもの継ぎたくない
本当だぜ　オヤジ　妹にやるべきだったんだ
エリザベスにさ　あいつの性格はわかっているだろうに
あいつのほうがこういうことに向いている
目と鼻の先に住んでいる彼女は
本当にあんたが自慢できるタイプの子供だよ

パパ　こうやって訪ねたのは間違いだった
共通なものは何もない
名前と郊外に住んで
しょっちゅう互いに泣かし合う家族以外には

おれはもう家に帰らないと思うよ
そう　二度と家に帰らない

オヤジ

ブルックリンで公立学校へ通っていた子供のころ
休憩時間にコンクリートの校庭に二列に並ばされた
アルファベット順で　リーガン　リード　ルッソ
まだ覚えている　その名前の順と
スティックボールとストゥープボールだけが
おれたちの遊んだ二つのゲームだったことを
おれはオヤジのようになりたかった
大人になったら　オヤジみたいな男になりたかった
オヤジのように着こなして　オヤジそっくりになりたかった
オヤジのようにふるまいたかった

それで　おれもみんなと同じように大人になりはじめた
もうオヤジみたいになりたくなかった
オヤジの手荒な態度と
机の下の床に隠れることにうんざりした
オヤジがオフクロを殴るとき　おれは怒りで息がつまりそう
　だった
オヤジのようにはなりたくなかった
オヤジに似ることさえ嫌だった
オヤジみたいだと思われることさえ嫌だった

これは父親のために書いた。

息子は父親を見ている　母親に冷酷な父親を
自分がもっと金持ちになって　あらゆる意味でもっと大きく
　なるまで戻らないと誓う
そうすれば　オヤジはもう二度と誰も殴らないだろう

そのオヤジがおれにこんなことを言ったのだ
ルー　男らしくしろ　だと

形式にこだわって

場所柄をわきまえなさい
ちゃんと帽子をとって
あなたのお母さんが死にかけているのよ
あの咳込みが聞こえないの？

いつも形式にこだわっていた
いつも形式にこだわっていた

少しは尊敬している気持ちを見せたら？
今まで一度も見せなかったとしても
あなたのお母さんが死にかけているのよ
まったく　これでおまえは満足だろうね

いつも形式にこだわっていた
いつも形式にこだわっていた

頼むから　あのジュークボックスでもう一曲かけてくれよ
ぼくのために悲しい曲をかけてくれ
もし電話がかかってきたら
ぼくを見かけなかったと言ってくれ

そしてこの曲は母親のために。

もし電話がかかってきたら
ここ何週間もぼくをみかけていないと言ってくれ

妹　へ

大変だって知ってるだろ
おれは電話を使えない
有名人だと何の関係も生まれてこない
生気を抜き取られたヘラクレスになった気がする
でも　おれはいつだっておれの可愛い妹を愛してきた

8時に迎えに来てくれ
おれのこと　テレビで見れるよ
元気が無いって自分でもわかっている　このところ調子が
　良くないからな
でも信じてくれ
ぜんぶおれのせいだ
おれはずっと自分の可愛い妹を愛してきた

覚えているか
おれたちがまだ子供で
おまえが学校でおれを待っていた頃のことを
先生や友達　大胆な罪の数々
おれはいつもいじめてばかりいた
おまえはいつもおれを信じてくれた

この曲は妹のために。

いつもおれが最高だと思ってくれた
今やっと二人きりになれたから　ずっと胸にしまってあった
　ことを言わせてくれ

好きなメロディを選んで 10 まで数えろよ
おれがリズムをつけるから　そしたらおれたちは
そうであったかもしれない過去を想って
また笑ったり　泣いたり　溜息をついたり出来るよ
どれだけおれが可愛い妹を愛していたことか

考えてみてくれ

目を覚まし　男は女の顔を見つめた
男の唇には女の匂いと味が残っている
黒い髪が囲む女の整った顔には
素晴らしい知性と驚くべき優雅さがある
男は女に自分の心を捧げようと　ふいに彼女を起こした
ひと想いに　永遠に保てる心を
そして　彼女がはじめてきいた彼の言葉は
とても心がこもっていた
結婚してくれと言い　考えていてくれと言った
ベイビー　考えてみてくれないか

彼女は言った　どこか遠くに
すべてが調和して慈愛に満ちた所があると
そこでは誰もバカにされたりしないし
みんな賢くて趣味も良いわ
そこで彼女は溜息をついた　ラ・ディ・ダ・ディ・ダー
あなたとわたしはこんなにも一緒にきてしまった
自分の言うことには本当に気をつけないと
だって人の心を求めるのなら
相手を大切にするのに十分なだけ

妻、シルヴィアのためにこの曲を書いた。

自分もしっかりしていないと
だから　わたし考えてみるわ
ベイビー　わたしも考えてみるわ

才能ある子供たちに教えなさい

才能ある子供たちに教えなさい　慈悲をもつことを
夕日について教えなさい　月の出を教えなさい
怒りについて　夜明けとともに来る罪について教えなさい
花を　忘れっぽさの美しさを教えなさい
そして　わたしを川へ連れていって　水の中に入れなさい
かれらを祝福して　そして許したまえ　神よ　かれらは本当に何も知らないのです

すべての才能ある子供たち　そういう子供たちに教えなさい
人間と動物の在り方を
街について　その謎の歴史を
その美徳や悪徳を
風に揺れる枝について
あるいは　罪の代償について教えなさい
教えなさい　許しと慈悲を
教えなさい　音楽について
冷たくて清める水について

ブルックリンとロング・アイランドの公立学校へ通ったが、それ以来、あらゆる形式の権威と学校が嫌いになった。そのせいもあって、軍隊は私を採らなかった。私は、銃が欲しいし、目の前のものや人を片っ端から撃ちたいと言った。そのとき、私は750ミリグラムもある緑色のドラッグを噛みながら、おかまとジャンキーと競争して軍隊から逃れようとしていた。電気療法が役立ったのは、あれが最初で最後だった。

才能ある子供たちに教えなさい
すべての才能ある子供たちに

明るい飲酒の効用

ワイン好きもいれば　ビール好きもいる
おれが本当に好きなのはスコッチ
こいつは明るい飲酒の効用だ
氷でドリンクを台無しにするやつもいる
助言を求めてくる連中
次は　人に言うのは初めてなんだとくる
キャンディは粋なやつだけど酒が入ると皮肉屋になるとか言ってくる
混ぜる奴やチビチビやる奴　泣きじょうごは嫌いだ
きょうび　バーに入ったらどこにすわるかを
本当に気をつけないと
中には性欲を解放しようと飲む奴もいるし
エゴを垂れ流そうと飲む奴らもいる
こういうのは重荷だ
おれは信用できる顔をしていると　みんな言う

アルコールが正気を失くさせるっていう奴らもいる
ばかな奴には言えることだ
おれは二度同じしくじりをするような男じゃない
アルコールは頭の細胞を殺しちまうという奴らもいる

酒を飲んでドラッグを断ち切ろうとした。

それを言うなら　ベッドから抜けだすことも同じだ
おれが死ぬ時は優雅に眠るぜ　一杯の酒を手に

ボトルの下

うう　ひーっく　おれを見ろよ
同情してもらいたがっている　このおれをさ
よくある話だ——栄光を求める男の物語
それで　男はそれを見つけたんだ　ボトルの下にな
世の中　良いことなんてありゃしない
万事悪くなって　どんどん変になっちまう
おい　ビールと一緒にもう一杯スコッチをくれ
悲しいけど　今日も同じ気分だ——いつものことだけどよ
楽になりたいから一杯くれよ
うう　ひーっく　酒がおれを自由にしてくれる
仕事もできやしねえ　体の中がこんなにブルブルしていちゃあな
ああチキショー　まったくついてねぇ
こんなのはうんざりだ　ボトルの下でよ
七日で一週間　そのうち二日間は眠っている
何をやってたかなんか覚えていない
いつ出来たのか知らねえけど　足に青いアザがある
階段から落っこちて　おれはボトルの下に横になっていた
うう　ひーっく
チキショー

うまくいかなかった。

ここまで落ちたらもう落ちようがない
この世にさよならだ　あんたがきつすぎて
おれの頭の中はもうゴチャゴチャだ
おれの失くした誇りは隠れている
そこに——
ボトルの下にな

不安の波

不安の波が夜襲う
嫌悪感の波——見たくもない光景
おれの心は破裂しそうだ
胸は締めつけられ　息が詰まりそう
不安の波　不安の波

不安の波
床にしゃがんでいる
なにか薬をさがしている　酒がもうからっぽだ
鼻血がぽたぽた落ち　息ができない
不安の波　こわくて離れられない

こわくて電話を使えない
こわくて明りもつけられない
こわくてどうすることもできない
言葉もなく窒息しそうだ
汗まみれで　あごはよだれで濡れている
あのへんな音はなんだ？
床の上にあるあれはなんだ？

当時、世界的に有名な精神科医に通っていた。彼はいろいろな政治家たちの治療をしていた。やつらもぼくと同じ状態だったのだろうか。

不安の波
死と共に息づいている
自分のふるえを呪う
自分の足音に飛びあがる
自分の恐怖に立ちすくむ
自分の匂いが大嫌いだ
自分がどこにいるか知っている
ここは地獄に違いない

不安の波
不安の波

銃

そいつは銃をもっている
銃の使い方を知っている
9 mm 口径のブローニング　奴に何ができるか見てみよう
男はおまえの口に銃を当てる
脳みそをぶっとばすと言っている
おれにちょっかいを出すなよ
おれは銃を持っている
銃を持っている
銃を持っている
銃を持っているおれに
ちょっかいを出すんじゃない
あっちへ行け
ゆっくりとな
おまえの顔に穴があくぜ
一言でももらしたらな
あの女に横になるように言え
おまえにこれは絶対見せたい
一秒たりとも見逃すんじゃない
ちゃんと自分の女房を見ていろ
銃を持っている
銃で撃ちまくる
薄汚い獣

銃を持っている
銃を持っている
顔に気をつけろ
銃を持っている
銃を持っている
銃を持っている
その獣は目に恐怖の色を浮かべて死ぬ
銃と一緒に
奴に触るな
奴には近寄るな
奴には銃がある

ジョン・ケネディが死んだ日

この合衆国の大統領になった夢を見た
自分が無知や愚かさ　憎しみを取り除いた夢を見た
非の打ちどころのない完璧な統合と完璧な法律を夢見た
そして　特に夢見たものはジョン・ケネディが死んだ日を忘れたこと

他のやつができなかった仕事をやった夢を見た
誰に対しても公正で平等な夢を見た
自分が醜くもなくみすぼらしくもなく　追われている犯罪人でもない夢を見た
そして　特に夢見たものはジョン・ケネディが死んだ日を忘れたこと

あの日どこにいたか覚えている　ニューヨーク郊外のバーにいた
大学のフットボール・チームがテレビで試合をやっていた
突然　画面が消え　アナウンサーが言った
「悲劇が起こりました　未確認情報によると
大統領が撃たれ　死亡あるいは危篤状態にある模様です」

大学の最終学年。卒業して２週間後に徴兵された。前にも言ったように、軍隊は私を受け入れなかった。

話し声が途絶え　誰かが叫んだ「何だって？」
おれは表に駆け出した
テレビのニュースを聞いたかと言いながら　みんなが集まってきた
その時　ポルシェの男がラジオをかけながら　クラクションを鳴らし
ニュースを伝えた
「大統領が死んだ　ダラスで頭に弾を二発うちこまれ　犯人はまだわかっていない」

この合衆国の大統領になった夢を見た
若くて頭が切れて　それが役に立っている夢を見た
人生にも人間にも意味があると夢見た
誰かが彼の顔を撃ったことがやっと理解できた夢を見た

ヒロイン

ヒロインはデッキに立った
船はコントロールを失っていた
舳先はすでにボロボロになっていた
男たちは下で闘っていた
海に長いあいだ苦しめられて
かれらはもう恐怖しか知らない
赤んぼうは箱の中でドアには鍵がかかっていると思っている
海は荒れて　赤んぼうは待つことを学ぶ
ヒロインを
閉じこめられて守られて
赤んぼうはヒロインを待っている

波が叩きつけ　マストが折れた
船員たちはデッキ中を転がった
そして誰も見ていないとおもったとき
やつらは弱い男の首を斬る
ヒロインが純白のドレスに身を包み
この強い船をなんとかしようとしている間
怒り狂う嵐は耳をかさない
長旅になるのはわかっていた

車からよじり出ようとしているジャクリン・ケネディ。

赤んぼうは箱の中でドアには鍵がかかっていると思っている
海に沈みながら息苦しくなってくる

ヒロインはどこにいるんだ
銃を撃ち放すヒロインは
怒り狂う海を鎮めて
箱の中の赤んぼうに
自分を見つけさせるために
彼はドアに鍵がかかっていると思っている
その女が鍵を持っている
でも　彼女は行動を起こす瞬間を見つけられない

箱の中に閉じこめられた
すべての男たちを超越する
ヒロイン
彼女は赤んぼうを出してあげられるだろうか——

ヒロイン
マストにしばられ
青ざめた日の出の勢いの
ヒロイン

ブルー・マスク

連中があいつに泳ぎ方を教えるのに後ろで両腕をしばった
あいつのコーヒーに血を入れ　ジンにはミルクを入れた
その泥まみれの兵隊を見下ろした
彼の体の中で戦いが起こり　脳天が叫ぶ

いけにえにしろ
おれの顔を切りきざめ
もし誰かを殺すのなら
おれはいいかげんな男だ
雨でカミソリを洗え
ぜいたくな痛みをくれ
頼むからおれを自由にしないでくれ
死はおれにとってすごく大事なことだ

鋭い痛みに叫び声をあげ　自分が生きていることを知った
やつらは彼の乳首にピンを突きさした
男は自分が聖人だと思った
おれは母親と寝て　父親と兄弟を殺した
おれはどうすればいいんだ
罪も度を越すと　まるで暴走車だ

自画像。

コントロールがきかない
やつの顔につばをはきかけ　叫ぶ
いまどき　オイディプスはいない
おまえがやっていると思っているのは芝居じゃない
何か言え

おれの顔からブルー・マスクをとって　おれの目を見ろ
おれは仕置きで興奮する
前からずっとそうだった
おれは後悔を憎みさげすむ
おまえは永遠に汚れている
おまえは永遠に汚れている
弱さは無関心を招き
通りのいざこざに巻き込まれるだけ
よごれきっているおまえ　きれい事とは無縁だ
おまえはたっぷり殴られて当然だ

いけにえにしろ
行くところまでいけよ
この絶望的な日を止めるためなら
どんなことでも〝やらない〟ことはない
死をもって行かないでくれ
指を関節から切り落とせ
発情した男根を切り落として
あいつの口に突っこめ

並みの男

キリスト教徒でもないし　聖人の生まれかわりでもない
カウボーイでも　マルクス主義の地方検事でもない
犯罪者でも　右翼のできそこないの聖職者でもない
おれは並みの男　正しいことをしようとしているだけ
おれはただの並みの男

並みの男――おれはただの並みの男
見た目も並みなら中身も並み
並みの恋人だし　並みのところに住んでいる
面と向かい合っても　おれだとはわからない
おれはただの並みの男

金とか税金とかそんなことが気にかかる
肝臓がはれて　触ると痛いのが心配だ
健康や便通
通りで次々に起こる犯罪のことも心配している
おれは本当にただの並みの男だ
自立しようとしている
ただの並みの男

有名人なんてそんなもの。「真実を言う必要はないよ」とアンディが言った。
だから、ときどき私もその言葉に従った。

並みの見かけ
並みの趣味
並みの身長
並みのウエスト
やることすべて並み
体温は 36.7 度
おれはただの並みの男だ
並みの男

私の家

詩人の姿がそよ風の中にある
雁が林の上を飛んでいく
霧が湖面にやさしく漂う
私の家は夜になると　とてもきれいだ
友人であり師である人が　空き部屋にいる
彼は死んだ——ついに安らかに眠った流浪のユダヤ人
友人たちが彼の墓に石をおいた
生まれて初めて出会った素晴らしい人だった
私とシルヴィアは霊応盤をとりだした
霊と出会うために——部屋中をかけめぐる霊と
私たちは自分たちの見たものに喜び驚いた
誇り高く　堂々としたデルモアという名前が輝き現れた
デルモア　あなたのおかしな癖がなつかしい
あなたの冗談や才気ある言葉が二度と聞けなくて寂しい
「ディーダラスの私からブルームのあなたへ」は完璧な言い回しだった

デルモア・シュワルツは師であり、友人だった。これまでに出会った人たちの中で、一番頭が良くて、一番おかしくて、一番哀しい人だった。彼の額におおきな傷痕があった。ニーチェと決闘したのだそうだ。彼が（『ユリシーズ』の）ブルームで私はディーダラスだった。調子の良い日には。
デルモアは母親の隣に埋葬されたが、パイプカットした弟を嫌ったのと同じくらい嫌がっただろう。弟のことは彼がウソをついていたのでなければの話。あるいはいばって話したことかもしれない。

家にあなたがいるとものごとがすべてうまくいく
私はほんとうに幸運な人生を手にいれた
私の書くもの　オートバイ　妻
そして　何よりも幸運なのは
純粋な詩霊がこの石と木で出来た家に一緒に住んでいること
詩人の姿はそよ風の中にある
雁が林の上を飛んでいく
霧が湖面にやさしく漂う
私たちの家は夜になると　とてもきれいだ

伝説の心

伝説の心がおれたちを引き裂く
あいつらの恋物語のせい
やつらの立派な超越した愛
おれたちはここでけんかして
伝説の恋の一夜をまた逃す

伝説の恋が夢枕に立つ
守らなければならない約束　初めからしなければよかった
ついていけない
おれはキスだけなら良いけど——伝説の恋には向かない

ロメオ　おおロメオ　あなたはなぜロメオなの
車の中かバーか
でなければ　不純なドラッグを血に混ぜこんでいるんだろう
彼は過去の男だし　永遠にさ迷い続けそうだ
行儀よくしようと努力したけど
もともとの魂が汚れきっていて　純粋ではなかったから
あいつがおじぎをしても　手を叩く観客はいなかった

伝説の心がおれたちを引き裂く
おれたちの感情をズタズタにする　大声で助けを求めながら
伝説の恋は上からやってくるものではない

今この部屋にある

まともなことのためには闘うしかない

はっきりしろよ

どうも決められない
この部屋に何色が合うのかもわからない
おまえのことも何一つわからない
決めよう
どうも決められない
おれのことを笑っているのか　それとも冗談か?
シーツの上の煙草が煙りはじめた
はっきりしろよ
右か左か　上か下か　内か外か　真っ直ぐか丸いのか
愛なのか性欲なのか　雨か晴れか
頼りない気持ちが定まらない

どうも決められない
悪と正義の区別もつかない
おまえは今夜の眠りの中でおれを笑っているのか?
おれを置き去りにして——

自分の気持ちをはっきりさせろよ

裏切られた

裏切られた――おれを愛していると言ってた女に
おれが必要だと言ってた女に
他の誰よりもおれだと言ってた
あの女のもろくて意地悪な美しさに裏切られた
あいつの父親は本分を尽くし　おれはまんまと裏切られた

正義が女に自信を与えた――母親は鉄の女だった
あの女のいとこはみんな犯罪人
中でも彼女はぬきんでていたけど
オートバイ乗りはどんなにうまくても
しょせんは　トラックの前では無力だ
父親の毒気があの女にとって一番酷な運だった

三人でこのベッドに横になった　破廉恥な夜
一人がおれたちの背中で横になっている　女の頭にはオヤジがいる
あいつはすばやく振り向き　おれの顔をひっぱたく
目をむいて　女は叫ぶ
あんたなんて大嫌いよ　大嫌いよ　大嫌いよ
あいつはおれを見ていない

裏切られた――おれを愛していると言ってた女に

他の誰よりもおれが必要だと言ってた女に
あの女のもろくて意地悪な美しさに裏切られた
あいつのオヤジは本分を尽くし
おれはまんまと裏切られた

どん底

おれはバイクでぶっ飛ばしている
この曲りくねった田舎道を
丘の麓の砂利道を抜ける
先週ここでこけた
この古いエルムの木の横に　まだオイルが少し残っている
それと　おれがぶつけて死んだリス
もしおまえが出ていかなかったら　おれが殴り殺していただろう
だから　そうするかわりにバイクにまたがった

医者が言う　どんなに運が良かったか自覚しろと
結局　あの夜泥にまみれたのはおれの血じゃなかった
激しい怒りが中にこもる
これは飲んでおさまるものじゃない
これはまともに調べるべきだ
もう一杯くれとおれは言う

おれは80号線を東に走っている
太陽はおれの右側

これはバイクの世界の表現であると同時にAA（アル中更生会）の言葉でもある。表現通りの意味。

よっぱらっているけど　目は確かだ
若い妻を思いだす
左側の影の中に
見えたものがおかしい
あの下の道の向こうのでかい穴めがけてバイクを走らせる

勇者の故郷

ジョーと一緒のジョニーに乾杯しよう　ミッキーも女房をもらった
ジェリーにも乾杯　あいつはジョイスを手にいれた
おれはといえば——おれは
今夜　身震いしている
勇者の故郷で失われた娘や息子たちのために

絵になるブルックリン・ハイツのバーで撃たれたフランクに乾杯
電車の前に飛び込んだ友人のために乾杯
晩の７時だった
自分に価値がないと思い込んでいる友人にも
やつはどこかへ消えてしまった
勇者の故郷のどこかで

星が雲に隠れている
通りの灯はまぶしすぎる

大学時代のルームメイトで友人のリンカーンは、電車に飛び込んで自殺しようとした。助かったが、片腕と片足を失った。その後、彼はコメディアンになろうとした。数年後、彼は鍵のかかったアパートで飢死しているのを発見された。

勇者の故郷　アメリカ国歌の一節。

男が足にすがりつく女をけとばす
おれは突然君を思い　はっとしてまばたく
勇者の故郷に向かって急ぐ

毎日　すこしは死ぬ
すこしは泣く
すこしは死ぬ

最後の一杯

この前の一杯がおれを殺っちまうべきだった
もう一杯くれ
最後の一杯に乾杯だ
流しの皿についた血
コーヒーカップの血　テーブルについた血
やめるときはやめる
いつもこれが最後の一杯だと
わかっていたらと願う
壁のハエを血で撃ち落とす
おれの心臓はほとんど止まった
倒れた拍子に鏡を割った　倒れた拍子にな
ダブルでくれ　おまえも飲めよ
ビールをくれ　おまえの分もな
動かないものすべてに乾杯だ　動かないものに
やめるときはやめる
これが最後の一杯だとわかっていたらと思うのは毎度のことだ
ウィスキー　バーボン　ウォッカ　スコッチ
何を飲んでもかまわない
これが最後の一杯だと知りたいだけだ　最後の一杯だってことを
きっぱりやめたときのことを覚えている

見てくれ　ここにあった歯がかけた
首の血管に打ちこんでクエイルードを吐き出した
おれの最後の一杯で
良かったこと全部に乾杯だ　憎しみにも乾杯
乾杯に乾杯して　このおれはウソは言わない
おれがまっとうになると言う時には　おれがまっとうになる
　と言う時にはな

やめるときはやめる
これが最後の一杯だとわかっていたらと毎度願っている
最後の一杯
やめるときはやめる
いつも
これが最後の一杯だとわかっていたらと願う

クエイルード　鎮静催眠剤

ニュー・センセーション

ぶっ飛んでもバカバカしくても罪は嫌いだ
酔っ払ってもメチャクチャになっても　おれはキューピッドじゃない
2年前の今日　クリスマス・イヴに捕まった
痛みはいらない　運ばれないで歩きたい
あきらめたくない　結婚したままでいたい
おれは車につながれた犬じゃない

時を越えた詩神の真髄が欲しい
悲観的な見方を抹殺したい
陰気なやつらを殺したい
何が悪いと言うのは簡単だ
そんなこと一晩中聞きたくない
人間鎮静剤みたいなやつらもいる

愛車GPZで走り出す
太股に当たるエンジンが良い感じ

誰かの非合法な処方箋で薬を買おうとして、リバーヘッドで捕まった。クリスマスを刑務所で危険な奴らと過ごしたが、私の名前を使った殺人犯がニューヨーク郊外の刑務所から逃亡中だと聞いた。そいつは黒人だった。少なくとも警察がそう言った。おまわりのユーモアなんてそんなものだ。
ウォーターゲイト事件のリチャード・ニクソンの弁護士の一人が私を弁護してくれた。

空気は冷たく　外は4度くらい
ペンシルヴェニアのデラウェア・ギャプあたりまで行った
時々道に迷って地図を見た
道路脇のダイナーに入ってハンバーガーとコーラを頼む
中には地元の連中やハンターたちがいた
誰が結婚したの　誰が死んだのと話している
おれはジュークボックスでヒルビリーの曲をかけた
手をふって出る時　連中はフットボールのことで口論していた
温かい気持ちで山へ向かった
おれはGPZが本当に好きだ　キスできるくらいに

やりたいことをやる

このあいだの夜　サムの芝居を見に行った
（やりたいことをやる）
ものすごくセクシーでステージに釘づけになった
（やりたいことをやる）
男はどこかのロデオから出てきたカウボーイ
（やりたいことをやる）
少女はかつて男を愛していたが今はもう別れたがっている
彼女は自分のやりたいことをやるために

男は強情で　女はあまのじゃくだった
（かれらは自分たちのやりたいことをやっている）
連中は言葉で　体で　行為で喧嘩した
（やりたいことをやる）
けんかが終わるとステージから引き揚げる
（やりたいことをやる）
おれはかれらの振る舞い方に打ちのめされた
かれらはやりたいことをやっている
やりたいことをやっている
それを見て　おれはニューヨークが舞台のマーティの映画を

サム・シェパードの芝居『フール・フォー・ラブ』を見たあと、これを書いた。他の人物はマーティン・スコセッシの映画『ミーン・ストリート』から。

思い出した
あの率直で残酷なすごい映画
フール・フォー・ラブはレイジング・ブルに匹敵する
両方ともインスピレーションをかきたてるから大好きだ
かれらは自分たちのやりたいことをやっている
やりたいことをやっている

きょうび　ラジオじゃ大したものはやってないけど
映画か芝居はまだ見られる
トラヴィス・ビクルに乾杯　ジョニー・ボーイに乾杯
ニューヨークの陽の当たらない場所で育ったかれらに
きみたちと握手したいから　この曲を書いた
(自分たちのやりたいことをやる)
ある意味できみたちはおれの最高の友達だ

太陽に飛びかかる

おれは大虐殺（ホロコースト）から逃げない
原爆からも逃げださない
死ぬチャンスなら大歓迎だ
太陽に飛びかかる
太陽に飛びかかる
太陽に飛びかかる
何百万ものかけらに引き裂かれ　太陽に飛びかかる

おれは目のくらむ光から逃げない
黒い雨からも逃げださない
世の中の苦労の終わりが悲惨の終わり
世の中の苦労の終わり——世の中の苦労の終わり
未知の瞬間の光でおれは輝く
世の中の苦労を終わらせる瞬間

地球が泣いて　空は揺れている
星が微塵にくだける
あらゆる陽子と無名の中性子がおれの骨の中で溶け合う
人が墓から燃える時　名も無い哺乳類がひそかに起きあがる
太陽に飛びかかる幸せに満ちた瞬間だ
太陽に飛びかかる——太陽に飛びかかる
百万ものかけらに燃え裂かれて太陽に飛びかかる

この謎の終わりに　おれの謎に答えるために
謎が終わる不思議な瞬間
太陽に飛びかかる——太陽に飛びかかる
おれは百万ものかけらに引き裂かれ　太陽に飛びかかる

友だちジョージ

刀で殺された男の記事を新聞で読んだ
友だちジョージを思い出した
そいつの身長が165センチだと言っていた
殺人棒をもったジョージのような気がする

八つの時からジョージを知っている
いつもやつはすごいと思っていた
ジョージがやることはなんでも
おれもやってみた
ジョージは音楽が好きで　ケンカも好きだった
毎晩ダウンタウンのジムで体を鍛えていた
終わるといつも二人でスパーリングをやった
唇を切ったけど　遊びで楽しかった
おい兄弟　どうだい?
友だちジョージのことを話しているんだ

そのあと　ジョージが例の棒を手にいれたという話をきいた
気晴し以上に使っているとも聞いた
スモーリーズ・バーであいつを見かけた
あいつはハイだった　やつを落ちつかせようとした
復讐だとおれに言う——人間だったら復讐だと
弱い者貧しい者のために復讐だ

やつらの頭のど真ん中へこれをぶちこめ
けんかがおれの音楽だ　この棒はおれの刀だ
おまえが大好きだから　頼むから何も言わないでくれ
音楽がかかっているのが聞こえないか　おれの曲だ　おれの出番だ
ドアから駆け出していったジョージを見たのが最後だった

おい兄弟　どうだい? ——友だちジョージのことを話しているんだ
おい兄弟　どうだい? ——友だちジョージのことを話しているだろ?!

おふくろに恋人ができた

おふくろに恋人ができた
画家だと聞いた
おふくろは不動産屋をやめて
ソーホーのアート・シーンに乗り換えるのさ

おふくろに恋人ができた
ギャラリーの経営者
おふくろが言うには　男はコラージュが好きらしい
でも　儲かるのはグラ—フィ—ティだとさ

おふくろに恋人ができた
昨日　男に会ってきた
おふくろはおれにそいつを気に入って欲しいと言ってる
まぁ　父の日にカードでも送るよ

おふくろに恋人ができた
映画に金を出しているらしい
働く母親の話で
黒人と白人のシャム双生児を
生むんだとさ

おふくろに恋人ができた

男が何か言いたいって
ゴミと腐敗に凝っているだと
「都会の腐敗」のエッセンス

おふくろに恋人ができた
おれたちは昨日会った
おふくろはおれにやつを気に入って欲しいと言っている
父の日にカードでも送るよ

おふくろに恋人ができた
昨日やつに会ってきた
おふくろが新しい人生の1ページを始める
やつとの関係が早く終って欲しい

ビデオ・ヴァイオレンス

電流が体の奥で高ぶる
ビデオ・ヴァイオレンスの時代
電流が体の奥深いところで高ぶる
ビデオ・ヴァイオレンスの時代

朝起きて男はコーヒーを飲みながら
テレビをつけて血なまぐさい映画を見る
マンガのような女たち　しばられ汗ばんでいる
息を切らして叫んでいる
ありがとう　いい一日を

心臓はドキドキしてチャンネルを替える
強姦とか殺人
殴りあいや拷問以外のものを見ようとして
でも　ウォルト・ディズニーは見たくない
ゆがんだ組み合わせ
ビデオ・ヴァイオレンスの時代

仕事場では上司が座ったまま怒鳴っている
やつが仕事を失えば　人生の意味も失くなっちまう
やつの息子は高校へ通っているけど
何も学んでいない

テレビの前にすわって
コルベットが吹っ飛ぶのを見ているだけ

電流が体の奥深くで高ぶる
ビデオ・ヴァイオレンスの時代
電流が体の奥深くで高ぶる
ビデオ・ヴァイオレンスの時代
バーに行けばトップレスの女
ニキビだらけで傷だらけ　髪はメチャクチャだ
それでも女のエキゾチックなパンティに5ドル札を突っこむ

ビデオ・ジューク・ボックスからマドンナが流れている
1ブロック先の
劇場じゃ
繰り返される首斬りシーンに
みんな股間をにぎっている
死人が生き返り
生きてるものが沈み死んでいく
電流が体の中深く高ぶる

仲間の堅物の働き者が娼婦を見つめる
ベッドにしばりつけて
女の背中を血が出るまで殴りつけ
家に帰る
インスタント・コーヒーをもっと飲み
カトリックの宣教師に電話する

テレビでよく見るやつで　こう言う

電流が高ぶり　もうすぐ夜明けだ
今はビデオ・ヴァイオレンスの時代
理性の時代なんてやってこない
今はビデオ・ヴァイオレンスの時代

電流が体の奥の奥で
ビデオ・ヴァイオレンスの時代
電流が体の奥底で高ぶる
ビデオ・ヴァイオレンスの時代

オリジナル・ラッパー

ウエスト・エンドの自宅で座って
女友達とケーブル・テレビを見ていた
ニュースを見ていた　世界は混乱している
貧困と飢餓　窮迫した世界
ヘルペス　エイズ　全開の中東問題
ソーセージだって調べた方が良い　ワッフルに入れる前にさ
ついでに——ミックスの中身も調べた方が良い
調べた方が良い
キャンディの包み紙が開けられてないかを

中絶は殺人だと　レーガンは言う
枢機卿オコーナーを見つめながら
ジェリー・ファルウェルやルイス・ファラカンを見ろよ
二人とも宗教と人類の兄弟愛を説く
まるで二人ともテヘランの手先みたいにきこえる
気をつけろ　やつらはフルスピードで迫ってくる
ソーセージを調べた方が良い　ワッフルに突っ込む前にな
ついでに　ミックスの中身も調べた方が良い
ちゃんと調べた方が良い
キャンディの包み紙が開けられてないかを
ヘイ　ピッチャー　ミックスの中身《バッター》も調べた方が良いぜ
ちゃんと調べた方が良い

キャンディの包み紙が開けられてないかを

白人対白人　黒人対ユダヤ人
まるで1942年だ
赤ん坊がMTVの前に座って暴力的なシーンを見ている
おやじはお気にいりのスポーツ番組を見ながらビールをがぶ
　飲み
ヒーローたちのドラッグ使用を知るのが落ちだ
古典でオリジナル——いつもの話さ
新しい環境の憎しみの駆け引き
良いからといって憎み　悪いからといって憎む
これでも腹が立たなければ
おまえの物はおれの物　おれの物はおれの物
神聖なものなんて何もないし　何も絶対じゃないからな
神よ　おれたちを祝福してくれ——おれたちは全速力で進ん
　でいる
ソーセージを調べた方が良い　ワッフルに入れる前にな
ついでにミックスの中身も調べた方が良い
ちゃんと確かめろよ
キャンディの包み紙が開けられてないかを

おれはアメリカ合衆国に生まれた
つらかったけどまともに育った
モラルの無さや気配りの無さを目にしてきた
やり場のない気持ち
イッピーがいて　ヒッピーがいて　お次は上昇中のヤッピー

おれをバカな追従者みたいに扱うなよな
被害者が死んで　殺人者が生き残るなら
おれは目には目をの方がいい
心には心を　脳には脳を
これで少し気がおかしくなるとしたら
元気をだして――音楽をがんがんかけろ
ギターをつかみ　群衆を見つめて言えよ
「聖人づらするつもりじゃないけど
人生のおかげで気を張ってるし　すこしばかりけんかっぱやくなったし――
面白いくらい落ち込んでいるから　おれは敬意を表するのさ
バカみたいに立ち去るためにロックしまくるよ
オー　プープ　アー　ドゥ　ハウ・ドゥ・ユー・ドゥ
ヒップ・ホップ　のたれ死ぬまでバップするさ」
まわりに気をつけろ　フルスピードで向かって来る
ソーセージを調べた方が良い　ワッフルに入れる前にな
ついでにミックスの中身も調べた方が良い
キャンディの包み紙が開けられていないか
ヘイ　ピッチャー　ミックスの中身を調べた方が良い
キャンディの包み紙が開けられてないかどうか
よく調べるんだな

君の心に伝えてくれ

夜空に浮かんだ大きな光を
望遠鏡でじっと見ている
その回っている光を見ていると君を思い出す
空を照らして軌道を回る星
あれは星ではなかったかもしれない

夜　ハドソン川の川っ縁に立って
対岸のジャージー側にある
ネオンがなんとかコーラの名前を綴っているのを見ていた
サテライトから光が放たれて
君の名前がダンスしていて
欲しかった
タイムズ・スクエアのどの看板よりも大きく

君の心に伝えてくれ
どうか　こわがらないで
ぼくはあるがままの君を愛する男
君の心に伝えてくれ
どうかこわがらないでと
ニューヨークの恋人たちよ
君の心に伝えてくれ

眠れなかったからだと思うけど　朝の５時に屋上にいて
先週のと同じこの回る光を見ている
君を起こすべきかもしれない　でもその間にもう消えている
　かもしれない
空を見上げると何が見えるかわからない

暗い通りに飛び出し
ブーツのかかとの鳴る音を聞いている
皮のジャケットが擦れて音を出す　タバコが欲しかった
角をまがったら　ぼくの回る光が通りにあったんだ
テレビのコマーシャルを撮影していた

君の心に伝えてくれ
どうかこわがらないでと
ぼくたちは悲劇的な最期を迎える
ティーン・エイジ向けの映画に出ているわけではない
君の心に伝えてくれ
どうかこわがらないでと
ニューヨークの恋人たちよ
君の心に伝えてくれ

ヴァチカンへの手紙

ロージーはバーに座ってデッカイ葉巻を吸っている
アムステルダム・アヴェニューにある「サミーの店」と呼ばれているところで
65歳を1日過ぎているようには見えない　本当は29歳だけど
60年代のレコードが好きで
聞いていると古き良き時代を思いだすんだとさ

ワインを少しとスコッチを少し飲むと
ロージーはうだうだしはじめる
グラスを鏡に投げつけて　ビッグ・マックスにペンをくれと頼む

彼女はヴァチカンあてに手紙を書く
「あたしはあの人に手紙を書くのよ
親愛なる法王《ポープ》　あたしに石鹸《ソープ》とボンベイ・ジン1瓶を送ってよって」
ヴァチカンあての手紙
「あたしはあの人に手紙を書くのよ

ルーベン・ブラディスの初めての英語のアルバム『真実のみ』のために、二人でこの一連の歌を書いた。

親愛なる法王《ポープ》　あたしに希望《ホープ》を送ってよ　でなければ死ぬための ロープがいいわ」

誰も彼女を止めない
みんなで手を貸してやる
こんなに狂う前の彼女をみんなは知っているから
ふるえが止まるまで彼女をおさえているだけ
心は心の知っていることしか言わない

「ダイアナ・ロスを聞きたい
マービン・ゲイもいいね
マシだった日を思い出す歌が聞きたいな」

ロージーは可愛い女の子の口元をひっぱたき
ジュークボックスへ走りより　25 セントを入れようとする
彼女は言う「あんたたち男にはもううんざりよ
もう二度とうんと言うもんか　一か八か
あたしが生きているうちはね」

彼女はヴァチカンあてに手紙を書く
「あたしはあの人に手紙を書くのよ
親愛なる法王《ポープ》　あたしに石鹼《ソープ》とボンベイ・ジン 1 瓶を送ってよって」
ヴァチカンへの手紙
「あたしはあの人に手紙を書くのよ
親愛なる法王《ポープ》　あたしに希望《ホープ》を送ってよ　でなければ死ぬた

　めのロープがいいわって」

誰も彼女を止めない
みんなで手を貸してやる
こんなに狂う前の彼女をみんなは知っているから
ふるえが止まるまで彼女をおさえているだけ
心は心の知っていることしか言わない

嵐の前の静けさ

かつては無知がおれたちの無邪気さを強調していた
かつては自分たちが間違うはずがないと思っていた
かつてはそういう時があったんだ　ずっと昔に
でも　おれたちは嵐の前の静けさの中にいる

オーケストラが演奏しているとき
やつらはドアを閉めようとしてバリケードを築く
音楽家たちが歌っている間
ホロコーストが戦いのシンバルを鳴らす
おれたちは見つめる
かつてそこにあったもので
今は無いものを——
そして　心の中で
おれたちは再びいる
嵐の前の静けさの中に

かつては自分たちの時代は未だだという思想を抱いていた
思想の呼び名が変わり続けたから　おれたちは思わせぶりが出来た
その思想が消えてしまったわけではないと
自分たちの叫びが歌に変わるのを聞き　また叫びに戻るのを聞いた

おれたちは再びいる
嵐の前の静けさの中に

ロメオはジュリエットを手に入れた

よじれた星の間に立ち往生　航路表　不完全な地図が
コロンブスをニューヨークに導いた
東とも西ともわからずに
革のベストを着た男は女に呼びかける
地球が悲鳴をあげ身震いして止まる
男の耳のダイヤモンドの十字架は不安を追い払うおまじない
誰かのレンタカーの中に自分の魂を置いてきた不安
男はズボンの中にモップを隠している
しなやかなジュリエット・ベルの人生に持ちこんだ面倒を片
　づけるために

ロメオはジュリエットが欲しくて
ジュリエットはロメオが欲しかった

ロメオ・ロドリゲスは肩を怒らせ　キリストをなじり
ポニー・テールの黒髪に櫛をいれる
自分のわびしい部屋のことを想う
ベッドの横にある流しは臭いし

アルバム『ニューヨーク』を書いた夏（1988年）、すべての海水浴場は閉鎖された。海岸に医療廃棄物が流れついたせいだ。ハワードビーチ事件があり、トンプキンス・スクエア公園の暴動があった――つまりは、いつもの通り。

そこへ彼女の香水が目にしみる
彼女の声は鈴みたいだった

外は暑く　クラックの売人たちは
誰かの買ったばかりの機関銃を夢みている
利き腕を後ろにまわして
あの明りに当てるなんてへっちゃらだ
とガキのジョーイ・ディアズが言う

おい　兄弟　もう一包みくれないか
あのへんのダウンタウン界隈は最悪だ
イタリア人のやつらにヤキを入れろ

ハーレムで死んだおまわり　警告に気づかなかったのか
彼の脳みそが通りに流れだしたとき　おれは踊っていた

ロメオはジュリエットを手に入れ
ジュリエットはロメオを手に入れた

ゴミ袋に詰まったマンハッタンを頂こう
その表にはラテン語でこう書いてある
「最近は　面倒見てられない*」
汚いハドソン川にマンハッタンが岩みたいに沈んでいく
なんていうことだ！

*　ASPERVM AESTMARE FIMI ALIQVID HODIE

それが本になり　まるで古代ローマみたいだと言う
女の太股を強く押えこむ男の目を香水が焼く
一瞬何かがきらめいて
すぐに消えて無くなった

ハロウィーン・パレード

ダウンタウンのおかまが「プラウド・メアリー」を歌いながら
クリストファー・ストリートで漁っている
桟橋と場末のたまり場の角で
南部なまりのおかまが下品に騒ぎ立てている
今年のハロウィーンは胸にこたえる
君がいないせいだ

グレタ・ガルボにアルフレッド・ヒッチコック
ジャマイカ黒人の女ったらしもいる
5人のシンデレラに　レザー姿のおかまたち
面白くて笑いこけるところだった
クロフォードやデイヴス　やぼったいケリー・グラント
ブロンクスから面倒を起こしにやってきたような地元のガキたち

でも　ヘアリーもバージン・メアリーもいない
あいつらの声を二度と聞けない
ジョニー・リオも性悪リタもいない

ヴィレッジで開かれる恒例のハロウィーン・パレードと、エイズがいかにたくさんの参加者たちを殺したかについての歌。

あいつらの顔が二度と見られない
今年のハロウィーンは胸にこたえる
君がいないせいだ

〝生まれ変わった負け犬たち〟や〝ラベンダー・ブーザーズ〟
　の面々もいる
ワシントン・ハイツからやってきたクラック仲間
アベニューBの少年たち　アベニューDの少女たち
タイツ姿のティンカーベル
祭りなのになぜか落ち込む
まわりに君がいないと思うと特に

ラテン語やギリシャ語　スペイン語で
ロマンティックなことを言う気取り屋ピーターはもういない
いろいろな芸をぶちまける
三本バナナもブランデー・アレクサンダーもいない
今日の気持ちはいつもと違う
特に君が逝ってしまったと思い知る時は

「尺八娘」と書いたTシャツ姿のソーホーから来た少女
「ジャイブ・ファイブ2プラス3」Tシャツの連れがいる
デイト嬢たちは割引きするか
きまえよくタダでやっている
過去がドアをコツコツ叩き続ける
おれはもう聞きたくない

センチな気持ちになっていても
慰めはいらない
気を取り直さなければいけない
でもそうすると無性に腹が立って悲しくなるし
どうにもならなくなる
心の奥であれは本当かもしれないと恐れた
心の奥で連中が言ってたのは君のことだったかもしれないと恐れた
ハロウィーン・パレード
来年会おう——
ハロウィーン・パレードで

汚れた大通り

ペドロはウィルシャー・ホテルに住んでいる
ガラスの無い窓から外を見ている
壁はダンボールの切れっ端
足の上には毛布代わりの新聞紙
疲れて物乞いを嫌がると　父親がぶん殴る――
9人の兄弟と姉妹がいる
みんな這いつくばって育ってきた
コート用のハンガーで太股を殴られたら走りにくいものだ
ペドロは大人になってオヤジを殺すことを夢見ている
だけど　そのチャンスは薄く　彼は大通りへ出かける

この部屋は月2000ドル
信じられるかい　本当だ
どこかで大家がチビルまで笑いまくっている
ここでは　医者や弁護士を夢見るやつらはいない
夢見るのは汚れた大通りでなんとかやっていくこと

君の飢え　君の疲れ　君の貧しさをおれによこせよ　小便を
ひっかけてやる　差別の女神がそう言う
貧しい大衆が身を寄せあう――やつらを棍棒で叩き殺せ
片づけて　大通りに捨てろ

通りが煌々と明るい夜　リンカーン・センターではオペラが上演され　映画スターがリムジンで乗りつける
撮影用の照明灯がマンハッタンの摩天楼を浮かび上がらせる
みすぼらしい裏通りでは明りは消えている

リンカーン・トンネルの入口に小さな子供が立っている
造花のバラを 1 ドルで売っている
道は 39 丁目まで渋滞し
女装の売春男が一なめどうかとおまわりを呼び込む
ウィルシャー・ホテルではペドロが夢を見ながら座っている
彼はゴミ箱の中に魔術の本を見つけた
本の絵を見て　ひび割れた天井を見つめる
「三つ数えたら」と彼は言う「ぼくは消えて　どこかへ飛んでいく……」

業

父親の偏見が息子にまで伝わり
息子は当惑してうろたえるだけ
静脈に射ちこんだドラッグのせいで鏡の中で見つめ返す自分の顔に唾を吐きかけるだけ
良いことと悪いことの区別がつくものか
自分の名前さえわからない
ただの追従者でリーダーになれないのに
やるべきことも出来ない
母親の病気が娘に引き継がれ
娘はみじめで無力なまま
酒が銃なみの勢いで脳天を駆けめぐり
堂々めぐりを繰り返す
部屋でぶっ倒れて寝込んでいる
良いことと悪いことの区別がつくものか
臆病者でやっかい者なのに
やるべきことも出来ない
男は結婚したら子供をぶん殴り
終わりのない言い訳をする
女も悲しいけど似たようなことをする
それが正しくてまともなことだと思いながら
自分たちのおふくろやおやじよりもマシだと思いながら
自分たちが苦しんだ子供時代よりマシだと思いながら

本当のことを言えば　この二人は苦しんでいる方が幸せだ
だから　かれらは結婚した

大冒険の始まり

小突きまわす子供がいたら面白いかもしれない
小さなおれを自分の考えで満たしてやる
小さなおれ　男の子か女の子か知らないが　おれの夢で満たしてやる
そうすれば人生は無駄にはならない
おれのガキは学校へ通わせないで
自分で教える
群衆の毒から子供を守りたい
でも　世間からの孤立というのは
まずいかもしれない
自分を不滅化するのは良くないことだ

1人でやめずに10人作ろう　テレビ番組の家族なみに
林の中にちょっとした自由軍隊をつくる
田舎のバーで見かける白人労働者のキ印みたいなやつらを
ひづめの割れた小豚　近親交配の変種の一族も一緒だ
爆弾の仕かけ方とか火のつけ方とかギターのひき方を教えてやる
連中が猟師を捕まえたら　キンタマの撃ちぬき方を教えよう
出来るだけ進歩的にやってみたい
無理をしない程度に

スージー　ジーザス　ボガート　サム　レスリー　ジルとシェフ
リタ　ウィニー　アンディ　フランとジェト
ボリス　ボノ　ルーシー　エセル　バニー　レッグとトム
これだけいると覚えるのも一苦労
キャリー　マーロン　モーそしてスティーブ
ラ・ルーとジェリー・リー
エグプラント　ルーファス　ダミー　スターとザ・グロブ
全部の名前を覚えるにはコンピュータなんてものが必要だ
この子供の話が行き過ぎにならないように

おれの女房が言ったことが真実だといいな
彼女はこう言った「すっごい冒険の始まりよ」
小突きまわす子供がいたら面白いかもしれない
神みたいに自分の姿に似せて創りあげる
おれを入れた棺を墓まで担う者を育てよう
おれがしなびて歯が抜け落ちたやっかいものになっても
側にいてくれる者を育てよう
一人っきりですわってシャツによだれをたらしっぱなしで
ブツブツ言っているジジイになっても
泥にまみれて遊んでいるボケジイさんになってもな
自分が何かを伝えてやれる子供がいたら面白いかもしれない
怒りや痛み　腹立ちや傷つけることより良い何かを

最後の偉大なアメリカくじら

あいつに敵はいなかったと言う
見るからに素晴らしかったと言う
あいつは最後の生き残りだった
この世の最後のもの
頭からしっぽの先まで800メートルあった
銀と黒　力強いひれをもっていた
あいつは山をまっ二つに出来ると言う
グランド・キャニオンが出来たのもヤツのせいだと言う

五大湖でヤツを見かけたとか
フロリダ沖で見かけたという連中もいる
おふくろはチャイナタウンで見かけたと言うけど
おふくろの言葉をいつも信用するわけにはいかない
キャロライナ沿岸では太陽がまぶしく　夜になると灯台が幽
　霊のように光る
地元の部族のチーフが人種差別主義の町長の息子を殺し
1958年以来　死刑囚房に入れられたままだ
町長の息子は乱暴なブタ野郎だった
インディアンに唾をはきかけ　もっとひどいことをたくさん
　していた
年老いたチーフはやつの頭にオノを埋めて片をつけた
今の暮らしは死ぬことよりひどいものに思えたから

同族の仲間が灯台に集まって歌い
嵐か雨をよび起こそうとした

港が裂け　大きなクジラが飛び出し
巨大な津波を引き起こした
津波が刑務所を押し潰しチーフを逃した
部族は雄叫びをあげ
白人たちは溺れ
褐色の人種や赤い人種は自由の身になった
ただ悲しいことがもう一つ
全米ライフル協会のいも会員の
居間にバズーカがあり
チーフを狙ったつもりで
くじらの頭を鉛のモリでぶっとばした

まあ　アメリカ人は何ごともあまり気にしない
土地や水のことなど特に
動物なんてトーテムポールの下の下
人間の命は感染したイーストぐらいの価値しかない
アメリカ人は美しさもあまり気にかけない
川にクソはするし　小川にバッテリーの酸を捨てる
海岸に打ち上げられた死んだネズミを見て
泳げないと不平をこぼす
何事も多数決とかれらは言う
見るものの半分も信じちゃいけないし
聞くことは全部信じちゃいけない

画家の友人ドナルドが言った通り
「やつらのケツにフォークをつっこんでひっくり返せよ
それで出来上がり」

バスいっぱいの信念

家族には頼れない
ともだちも頼りに出来ない
始まりにも頼れない
終わりにも頼れない
知性にも頼れない
神にも頼れない
頼れるのは一つだけ
切り抜けていくにはバスいっぱいの信念が要る

いつも最悪のことが起こるのは確かだ
殺し屋の動機も当てに出来る
そいつが誰かを強姦したら
間違いなく子供が出来ちまう
そして　彼女が中絶すれば
中絶反対派が責めたてるのも確か
いつも最悪のことが起こるのは確かだ
切り抜けていくにはバスいっぱいの信念が要る

心の優しさには頼れない
心優しい連中がランプのかさや石鹸を作ったから
聖礼も頼りにできない
神もいなければ　聖霊もいない

買いたい不動産がないかぎり
どんな教会も当てには出来ない
多くのことが当てには出来ない
切り抜けていくにはバスいっぱいの信念が要る

奇跡は全く当てに出来ない
空気にも頼れない
賢いやつにも頼れない
いないから見つけることも出来ない
残酷さは当てに出来る
音と思考の未熟さも当てに出来る
いつも最悪のことが起こるのは確かだ
切り抜けていくにはバスいっぱいの信念が要る

ちょっと待てよ

ナイフをもった黒人たちと棍棒をもった白人たちが
ハワード・ビーチでけんかしている
ニューヨークの通りを歩く時
人権なんてない
先週　セントラル・パークでおまわりが
ブッダという名前の10歳のガキに頭を撃たれて死んだ
差別の女神の横に置かれた棺の脇で
親兄弟が列を作っている

ちょっと待てよ　何かが起きている
ちょっと待てよ――じゃあ　あとでトンプキンス・スクエア
　で会おうぜ

ヘロインの売人が警察に先週末メッセージを送った
一人のおまわりが車の中で撃ち殺された
エレノア・バンパースやマイケル・スチュアートはさぞかし
　喜んだことだろう
猛り狂う怒りが海岸に打ち上げられるクラックのガラス瓶の
　汚染みたいに押し寄せる

ニューヨーク・タイムズ紙が社説のページでこの歌を「通りのアナーキー」と題して掲載した。

このひどい難局を収拾するには
鉄のマイク・タイソンか天使たちでは役不足だ

ジャンキーが妊娠中のダンサーをはね飛ばす
彼女は二度と踊れなくなったが　赤ん坊は助かった
男はチャイナ・ホワイトを射ち込み　ハンドルを握ったまま
ウトウトしていた　奴は何一つ覚えていない
犯罪の目撃者だと思われた年寄りの女性が撃たれた
彼女はその事件を見たことさえなかった

差別の女神の横にある勇者の故郷はいったい誰のもの

黒い38口径と飛び出しナイフを持ち電車に乗る
ニューヨークのキナくさい本質があるけど
あんたはバーナード・ゲッツじゃない
たった15分の名声のために
おまえを弁護してくれるマフィアの弁護士はいない

持つ者も持たざる者も風呂の中で血を流している
あれはニューヨークの未来で　おれの未来じゃない

バーナード・ゲッツ　1984年地下鉄で金をせびられ、黒人4人をピストルで撃ったが、罪に問われなかった。

こんばんは　ワルトハイムさん

こんばんは　ワルトハイムさん
それにローマ法王　機嫌はいかが
おふたりのすることはよく似てらっしゃる
ジェシー・ジャクソンさんも
共通の基盤のことを話しているけれど
その共通の基盤におれのことも入っているのだろうか
それとも　ただのお題目
人を揺がすお題目
ジェシーさん　自分のお題目には気をつけたほうが良い
きしむお題目
その中には響きわたる不安がまだある

ジェシーさん　共通の基盤と言っているけど
PLO も含まれるんですか
たった今ここにいる人たちはどうなんですか
あなたのために闘った人たち　そんなに昔のことじゃない
自由奔放に流れる言葉
あなたの唇から踊り落ちる言葉
人種差別的な失言で自分の言葉を安っぽくしないでほしい
ああ　共通の基盤

反ユダヤ主義というのは愛国主義と同じくふらちなやつらの最後の隠れ家だ。

共通の基盤は意味のある言葉か　それともお題目
共通の基盤——地下で眠っている人権運動家たちを忘れない
　でくれ

もしおれが元KKKの一員で　大統領選に立候補したら
咎めるんじゃないですか
おれがファラカンの件であなたを咎めるように
ローマ法王　愛しい法王
誰かあなたと握手できるのでしょうか
それとも　あなたはただ制服が好きで　手にキスされるのが
　好きなだけ
本当ですか
おれにとっての共通の基盤にあなたも入っているというのは

こんばんは　ワルトハイムさん
ローマ法王　機嫌はいかが
夜　おふたりが森の中を歩いているときに
おれはあなたがたのことを考えています
ジェシーさん　あなたもおれの考えに入っている
そのリズミックな言葉が落ち着くに従って
おれの共通の基盤があなたを招く
外で待つほうが良いですか
本当ですか
おれにとっての共通の基盤にあなたが入らないというのは
本当ですか
おれとあなたに十分共通の基盤がないというのは

2月のクリスマス

サムはジャングルで横になっていた
マーマレードみたいに枯れ葉剤が空に向かって散った
外国のジュークボックスでヘンドリックスがかかっていた
みんなは助かることを祈っていた
ベトコンのやつらはすさまじくこわいもの知らずだった
侵略の代償
2月のクリスマス

サムは国境の小さな町で片腕を失った
やつの指はだれかの作物の中に混じっている
吸入アヘンがなかったら
痛みはずっととまらなかった
友だちの半分が黒い死体袋に詰め込まれた
袋の上にはかれらの名前がはっきりと書いてある
2月のクリスマス

サミーは　出来合いの料理しかない　ケンカの絶えない

エイズにかかっている（そう書いてある紙を彼は持っている）足のないベトナム戦争の元兵士が自分の体をスケートボードにくくりつけて、H＆Hベーグル店の外で物乞いをしている――ちょうどおんなじ場所で、前夜、法学部の学生が喉を蹴られて死んだ。殺したのは地元のバーのよっぱらいで、学生からブーツにケチをつけられたと言っていた。

労働者の町の料理人だった
誰もが製鋼所で働いていたが
製鋼所が閉鎖され
もし軍隊に入れば
平穏無事な将来が手に入ると彼は思った
２月にクリスマスがないくらい確実な将来が

サムは「ベトナムの壁」を見つめている
戦争から戻ってしばらく経った
女房と子供は出ていき　仕事もない
やつは勝てなかった戦争の名残り
こんなことを書いた紙を持って道端にいるやつさ
「この元兵士が故郷に帰れるよう助けてください」
でも　彼はすでに帰って来ている
２月にクリスマスがない故郷に
どんなに彼が貯金しようとも

当てにならない奴

こんなにも持っている我々
なけなしのあなた方へ
無一物のあなた方へ
一人が必要とする以上に
持ちすぎている我々と
無一物のあなた方
100万ドルの映画がまだ欲しい奴は誰だ？
100万ドルのスターがまだ欲しい奴は誰だ？
同じことを何度も何度も言われているやつは誰だい？
風に向かって吐いたツバは二倍の強さで自分に戻ってくる

当てにならない奴　悪魔に向かって一直線
当てにならない奴　地獄に一直線

10億ドルのロケットが本当に要る奴は誰だ？
6万ドルもする車が要るのは誰だ
別の大統領が要るのは誰だ　スワガートの罪状6、7、8と
　9が要るのは誰だい？
誰が別の政治家を要るんだよ
ズボンを下ろして　ケツの穴に金をつっこんでいるところを

スワガート　テレビ伝道師。1989年売春婦とのスキャンダル等で失脚。

つかまるやつを
人種差別の聖職者がまだ要るのは誰だ
風にむかってツバを吐くのは自分の害になるだけだ

月や金星　火星へ向かって発射する
欠陥シャトルがまだ欲しいなんて奴は誰だ
自己満足のロックシンガーがまだ欲しい奴は誰だ
自分の鼻が神に着いたなんて言っている奴だよ
からっぽの摩天楼がまだ要る奴は誰だ
おれみたいな奴だったら　小さな奇跡で十分だ
燃える剣とか　ハドソン川に浮かぶ金色の箱船とか
風に向かってツバを吐けば　自分にまともに返ってくる

うんざりだ

つけっぱなしのテレビで目が覚めた
すわってニュースを見ながら歯を磨いた
全部の海水浴場が閉鎖され　真っ紅な海だった
海を二つに分ける者は誰もいなかった
新鮮なサラダがなかったのは
キャベツに注射器が入っているからだ
正午にスタッテン島が消えた
中西部はひどい恐慌に見舞われているらしい　NASA が月を吹っ飛ばし
オゾン層にはもうオゾンがない
おまえはおれをすてて隣の奴のところへ行っちまう
もううんざりだ
市長は汚職で捕まったし
日本にエンパイア・ステイトを売っちまった
オリヴァー・ノースはリチャード・セコードとくっついて
ちっちゃなテヘランを生んだ
それから　ホメイニは原子力戦艦を買った
死ぬときは　かっこよくやりたいと思ったからさ

空想のニュース放送。

オリヴァー・ノース、リチャード・セコード　イラン・コントラ・スキャンダルの中心人物。

ナイル川に捨てられた人間の排泄物の臭さがあらゆる食べ物につきまとう
まあ　一つだけ確かなのは
どうすればいいのか誰も知らないってこと
もううんざりだ
アーカンサスのどこか小さな町で 400 人が死んだとラジオで言っていた
頭の狂った運転手がトラックごと原子炉に突っこみ　手当たりしだいに人を殺した
今じゃ　そいつはモートン・ダウニーのショーに出て輝いていやがる
医者が言うには　これは医学の進歩で
悪いことが良いことを生み出すと
人間のすべての経験から学ぶことがあると
まあ　おれは本当の真実を一つだけ知っている
動物園があって　管理人はおまえじゃない
おれはもううんざりだ　うんざりだよ
トランプ家は聖職を授けられたが　彼はおたふく風邪で
マウント・サイナイで治療中死んだ
一番の親友ビルは毒薬を飲んで死んだ
イカれた医者がストレス用に処方した薬だった
おれの手足は縮んだ
食い物全部にできものがある
今まで誰も見たことがない動物が見つかった
ルディ・ギリアーニをひき殺したあとで
ゴムタイヤを食ったインサイダーの取引屋だった

大統領が死んだという
誰も彼の頭が見つけられない
もう数週間も見つからない
でも　誰も気づかない
彼はすごく健康そうだったのに
もううんざりだ
あきれたよ

時間がない

祝い事をしている時じゃない
握手をしている時じゃない
肩を叩きあってる時じゃない
行進している時じゃない
楽観的な時じゃない
堂々めぐりの考えに浸っている時じゃない
自分の国が正しいとか間違っているとか言ってる時じゃない
今までにそれが何をもたらしたか考えてみろよ

時間がない

祝い事の時じゃない
背を向けている時じゃない
遠まわしに言ってる時じゃない
博識なスピーチをやってる時じゃない
自分の幸せを数えている時じゃない
個人的に儲けている時じゃない
やってみるか　でなければ黙る時だ　今は
もう二度と機会はない
時間がない

怒りをおさえている時じゃない

憎しみを無視する時じゃない
うわついたことをしている時じゃない
時間が残り少ない

かたき討ちの時じゃない
自分が誰か知らない時じゃない
自覚は危険なことだ
自分であることの自由
警告を無視している時じゃない
皿の上のものをさらっている時じゃない
やったあとで悔やむのはやめよう
過去をおれたちの運命にしよう

時間がない

背を向けて酒をあおって
クラックを吸い込んでいる時じゃない
力を合わせ
確実な標的を襲撃する時だ
祝い事の時じゃない
国旗に敬礼している時じゃない
精神探求の時じゃない
未来は手近にある
いんちきな雄弁に酔ってる時じゃない
政治演説をやっている時じゃない
行動を起こす時なんだ

未来が手の届くところにあるんだから

今がその時だ　時間がない

ダイム・ストア・ミステリー

ドラッグを射ち込まれ　叩きのめされ　ねじこまれ
十字架の上で不具にされ　血を流し　話している
あいつの頭はくらくらし　胸がむかつき
幻覚を見て死にかけている　ああなんてもったいない
あいつが触れなかったり　キスしなかったもの
あいつの感覚がゆっくりと剝ぎ取られていく
おシャカ様でもヴィシュヌ神のようでもない
あいつらから生命が二度と蘇ることはないだろう
あいつが自分の信仰を疑っていたかもしれないと
簡単に想像できる
「最後の誘惑」の始まり
ダイム・ストア・ミステリー

自然と神　人間の二元性が
魂を引き裂く
完全に人間で　完全に神で　分れている
その素晴らしい不死の魂が

セント・パトリック教会でのミサのとき、アンディにもう二度と会えないと思い知った。どういうわけか、私は彼がそこにいることを期待した。彼は最後の仲間たちに取り囲まれ、にこにこしながら、「やあ。どこへ行ってたの？　なぜ連絡をくれなかったんだい？」と言いながら。私にとって二度目の葬式で、二度目の通夜だった。

粉々に　渦巻くかけらに　引き合う逆のものへと引き裂かれる
前から　横から　後ろから
精神そのものが攻撃する
この感じは知っている　前からずっと知っている
ヘーゲルからデカルトへ
信じることはいつも不確実
ダイム・ストア・ミステリー　最後の誘惑

おれはすわって指で叩き　考え　ドンドン叩き　じっくり考えていた
人生のミステリー
街の外では金切り声があがり　叫び　ささやいている
人生のミステリー
明日　セント・パトリック教会で葬式がある
鐘がおまえのために鳴るだろう
自分の死期を悟った時
何を考えていたのだろう
あんなに人間的であんなに神聖でないもののために
時間を無駄にしなければ良かったと思う
「最後の誘惑」の終わり
ダイム・ストア・ミステリーの終わり

小さな町

小さな町で育つと
小さな町で育つと
小さな町で育つと
ここ出身の有名人はいないとわかる
小さな町で育つと
神経衰弱になるし
自分自身からも　住んでいるところからも
絶対抜け出せないと思う
ピカソはどこ出身だったのだろう
ピッツバーグからミケランジェロは出やしない
もしアートが氷山の一角なら
ぼくはその下に沈んでいる部分だ
小さな町で育つと
デコボコの肌　近眼――ホモでデブだと
変な目で見られる
小さな町で育つと
おやじは工事現場で働いていたけど
ぼくには向いてない

以下は、ジョン・ケイルと一緒に書いた、アンディ・ウォーホールの生涯を描いたアルバム『ソングス・フォー・ドレラ』から選んだ５曲。
これは劇場用に書かれたもので、私の故郷ブルックリンのセント・アン教会で初演された。

ああ――自分に向いていることって何？
この町を出ること
小さな町ではみだし者でいるなんてまっぴらだ
じろじろ見るんなら　ニューヨークの街中でやってくれ
このピンクの目をした白子を見たいなら
ぼくの妄想はどこまで広がるのか？
ぼくはピッツバーグ出身のダリじゃない
舌たらずの可愛いカポーティでもない
ぼくのヒーロー――ああ彼に会えると思うかい？
彼の玄関先でキャンプをはるよ

小さな町にも一つだけ良いことがある
小さな町も一つだけ役に立つ
小さな町にも一つだけ良いことがある
たまらなく出ていきたくなる

小さな町で育つと
小さな町だといじけ者に育つのがわかる
小さな町も一つだけ役に立つ
町を憎み　離れるしかないとわからせてくれる

君しかいない

そうは見えなくても　ぼくだってすごく気にかけている
撃たれて以来　君しかいない
パーティー好きのアンディと書きたてられ　投げやりだと思われているのも知っているけど
食事の時に払うのはこのぼくだ——君のような凡人のために
君しかいない　君のようなごく普通の人
撃たれて以来　君しかいない

ぼくの家を飾りつけてくれないか
ぼくはネズミみたいに静かに座っているよ
ぼくのことをわかっている君のようなごく普通の人を
ずっと見ていることが好きだ
君の手を掴んで　ぼくの顔を殴る
君が恥をさらすまでくすぐってやる
ぼくに相応しい場所を見つけてくれないか——君のようなごく普通の人よ

日曜はいっぱい祈る　君のネジをまいて

ある夜遅く、アイス・クリーム屋ですわっていると、アンディが彼の向かいにすわっていた普通以下の人の手をとって、自分の顔を叩かせていた。どういうわけか、デルモアがバーで怒った時のことを思いだした。彼はぼくにホワイト・ハウスに電話して、例の陰謀を知っていると言えと言ったのだ。

君の時計に色を塗りたい
自分ではない者になりたい——君のようなごく普通の人のために
弾があばら骨と肺に割り込み　医者は手遅れだと言った
体の中で粉々になった骨を手に入れた　君のようなごく普通の人のために

死ななかったことが今でも確信が持てない
夢を見ているにしては体の中にまだ痛みが残っている
君のようなごく普通の人の——花嫁にぼくはなれない
もっと強いあごがあったら　肌がきれいだったら　鼻がもっと細かったら
これは出たくて出ている映画ではない——君のようなごく普通の人と一緒に
君のような凡人　君のようなごく普通の人　ぼくの一生は——君のような凡人ばかりだった

ぼくじゃない

君に恥をかかせたのはぼくじゃなかった　だからぼくのせいにするのはフェアじゃない
君が働きたいと言うから　ぼくがそのチャンスをやったのだ
君を傷つけたのはぼくじゃない　そこまで親しくない
自分に対してやることで　ぼくをおどしたりしないでくれ

君に恥をかかせたのはぼくじゃない　君を落ち込ませたのはぼくじゃない
ぼくの助けは全く借りずに自分で自分にやったんじゃないか
君を傷つけたのはぼくじゃない　君に可能性を見せてやっただけ
君の抱えていた問題はぼくたちが会う前からのものだ

こうしろなんて言った覚えはない
こういうことで責められる筋合いじゃない
ぼくじゃない　ぼくじゃない　ぼくじゃない
彼女は死んだ　でもそれはぼくのせいじゃない

アンディは私に信じられないくらい物惜しみしなかった。しかし、彼は、自分が突然変異的なアーティスト・父親的な責任をみんなに対して持っていないことをはっきりと言っていた。それがしょっちゅう、残酷な結果を引き起こしたが、私は彼のとった立場に同感だった。

君を変えたのはぼくじゃない　君が勝手に変わったのだ
ぼくは君がはまりこんだ穴の口実じゃない
ぼくは単純じゃないけど　君たちみんなの父親でもない
死は存在するけど　君たちは自分でいろいろやっている

コントロールをあきらめろなんて　一言も言った覚えはない
腕に針を突き刺して　死ねなんて　一言も言った覚えはない
ぼくじゃない　ぼくじゃない　ぼくじゃない
やつが死んだのは知ってるけどぼくのせいじゃない

君に恥をかかせたのも　君に泥を塗ったのも　ぼくじゃない
ぼくの助けを全く借りずに君が勝手にやったのだ
ぼくが神みたいに君に言ってやめさせることが出来たかのようにふるまっているけど
人の言うことなんか聞かないものだ　それが事実だって君も知っているだろう

手首を切って死ねなんて　ぼくは一言も言ってない
人生を捨ててしまえなんて　ぼくは一言も言ってない
ぼくじゃない　ぼくじゃない　ぼくじゃない
君は自殺しようとしているけど——ぼくを責めるなよ

やあ　おれだよ

アンディ　おれだよ　久しぶり
あなたが生きている間にもっと話したかった
恥ずかしそうにしていてもあなたには自信があったと思った
やあ　おれだよ
いなくなって本当に寂しいよ　あなたの精神が本当になつかしい
ほんとうに長いこと　ああいうアイデアを聞いていない
線を引いたり　絵を描くあなたを見るのが好きだった
でも　最後に会ったとき　おれはあなたに背を向けた

ビリー・ネームが病気で部屋に閉じこもっていた時
あなたが覚醒剤をくれと頼むから　自分のために使うのだろうと思った
あなたの心遣いを疑って悪かったよ
ものごとはいつも始まる前に終わるようだ

やあ　おれだよ　あれは素晴らしいギャラリーのショーだっ

妻と私はアンディと一緒の車の中にいた。外は雪で、運転手がスピードを出していた、彼にスピードを落とすように頼んだ。アンディは私の方を向いて、高ぶった馬がいななくような声でこう言った。「数年前だったら、君はそんなこと言わなかっただろうな」彼が意地悪くふるまっていたから、私は二度と彼としゃべらなかった。

た
あなたの牛の模様の壁紙に浮かぶ銀の枕
みんながあなたを笑った時　もっとあなたに注意を向けるべきだった
やあ　おれだよ

「ポップ・アーティストがポンとはじける」という新聞の見出し
「発砲事件はやらせか　ウォーホールは本当に死んだのか？」
車を盗めば刑期はもっと軽い
バーで自分のレコードを聞きながら　そんなことを考えていた

みんな　あなたを本当に嫌っていた　なのに今はすべてが変わった
でも　おれには晴れない反感が残っている
あなたはおれの痛いところをついた　あれはおかしくなかった
あなたの日記は尊敬すべき墓碑銘ではない

アンディ――おれたちはそろそろ行かないと
どうにかして何とかして　このちょっとしたショーを楽しんでくれることを願うよ
遅れたのはわかっているけど　これがおれにできる唯一のやり方だ
やあ　おれだよ――おやすみ　アンディ……

夢

このまえの夜、ひどい夢を見た。午前2時頃、ビリー・ネームとブリジッドが2階のぼくの階段の下で遊んでいた。エイモスとアーチィが吠えだしたので目が覚めた。気分が良くなかったし、かれらにもそのことは言ってあったので、すごく腹が立った。ぼくはいつもの自分ではなかったし、かれらは悪猫サムに何が起こったのかをよく覚えておく方が良い、サムは家に残され、病気になってネコ天国へ行ったのだ。
すごく寒くて澄みきった秋の空だった。雪もちらついていて、本当にきれいだった。ぼくは写真を撮ろうと思い、カメラを取りにいった。それで写真を撮っていたけど露出か何かがうまく合っていなくて、フレッドかゲリーに電話して露出時間のセットの仕方を聞こうとしたけど、夜遅かったし、でもまだたぶん食事中だってことを思い出して、とにかく気分が本当に悪かったし、どのみち誰とも話したくなかったんだけど、雪片がものすごくきれいでリアルで、どうしてもそれをとっておきたかったんだ。ちょうどその時、階段あたりの廊下からあの声が聞こえてきた。それでぼくは懐中電灯をもって、こわかったけど、玄関の方に降りていった。最近、近所でいろいろなもめごとが起こっているけど、誰かが面倒を

これはウォーホールの日記からの抜粋ではない。自分が裏表を知りつくしているアンディの愛を捉えようとして、これを書いた。

見なければならない、とにかくそこでブリジッドとビリーが遊んでいた。階段の下はちょっとした草地になっていて、子供たちみんなが出かけて行ってフリスビーかなんかをして遊ぶ 23 丁目の公園のような感じだったし、ああフリスビーっていうのも楽しそうだな。雑誌でこれを記事にしようか、でも連中はぼくがバカだって言うだろうし、売れないって言うだろうな、でも今回はぼくは譲らないよ、だってこれはぼくの雑誌だろ？

そういうわけで、雪のかけらが落ちるのを見ながら、ものすごく楽しそうな声をききながら、ぼくはそのことをずっと考えていた。楽しめたらどんなに素敵だろう。だから、ぼくはビリーを呼んだけど、聞こえなかったのか、応えたくなかったのか、すごく変な話だ。だって、再会するのは好きじゃないけど、ぼくはいつでもビリーのことを大好きだったから。

彼が仕事をしていてうれしいよ。オンディーヌとはえらい違いだ。あいつはあの映画でツアーに出っぱなしで、ぼくたちに払いもしないし、映画と言えば、全然まとまりそうもないしで、そのあとはどうなるやら。ドラッグで飛んでないときのあいつはものすごく普通だしなあ。ぼくにはよくわからないよ。

それと、ジョン・ケイルに会った。彼はずっと元気でやっている感じだった。ずっとオフィスに立ち寄って、私と一緒に体操をやっている。ロニーがぼくに筋肉がついてきたと言うけど、彼が AA（アル中更生会）に行ってからずっとぼくにいじわるだ。酒をやめてもまだいじわるというのはどういうことだろう。彼はぼくが怠けていると言うけれど、怠けていない、ただアイデアがわかないだけだ。ぼくは、はっきり言ってオフィスでは何もアイデアがわいてこない。
ジョンに会ったら、ぼくはヴェルヴェットのことを思い出して、あの優しい新しい子供たちの開いたギャラリーへ行く途中だったけど、セント・マークス・プレイス通りでもずっとかれらのことを考えていたよ。そのガキたちはぼくを年寄りだと思いこんだ。あと、そこでぼくはなつかしいドムを見た。それは古いクラブでぼくたちがはじめてショーをやったところだった。あれはすごく素晴らしかったなぁ。ところでヴェルヴェットの初めてのアルバムについてはどうもわからない。ぼくがあのカバーを作って、プロデューサーだったんだ。それでその新装版をしょっちゅう見かけるけど、一円も貰っていない。どういうことなんだい。ヘンリーに電話しなくちゃいけないけど、ジョンに会えてよかったよ。あいつにもアルバムのカバーを作ってあげたなぁ。でも、ぼくが白黒で作ったのに、彼がカラーに変えてしまった。ぼくがやったままにしておいたら、あれはもっと値うちがあっただろうに。まあ、誰も人の言うことなんか聞かないし、それが良くわかったよ。
ぼくはビリーとジョンをもう一度呼んだんだけど、あいつらはぼくに全然気がつかない。まるでぼくがそこにいないかのようだった。なぜあいつらはぼくを入れてくれないんだろう。それから、ルーに会った。あいつにはものすごく怒っている。ルー・リードは結婚したのに、ぼくを呼んでくれなかった。ぼくが人をいっぱい連れていくとでも思って呼ばなかったのかな。わからない。でも電話くらいくれてもいいのに。彼はすごく元気でやっているのに。なぜ電話をくれないのかな。MTV ショーで会った時も、一列しか離れていないのに、ぼくに、やあの一言も言わなかった。ぼくにはわからないよ。ぼくはルーが嫌いだ　本当に嫌いだ。あいつは自分のビデオを作るときも　ぼくたちを雇わないな。ぼくはあんなに彼のことを誇りに思っていたのに。
今日こわかった。撃たれたところの、あの古い傷口からシャツの上まで血がにじんできた。内臓を保つためにつけているコルセットも痛かった。15 回の腕立て伏せを 3 度やったし腹筋運動 10 回を 4 度やった。それで内臓が痛みだし、シャツに浮き出た血を見た。それで、医者が私は死んだと言ったのを覚えている。そのあと、かれらはぼくの手から血を採らなければならなかった。というのは、静脈が足りなくなったから。でも、こんなことをウジウジ考えていても愚痴だらけのジジイになるだけでどうすることも出来ないし、だからもしかれらがぼく自身の夢の中でぼくと一緒に遊んでくれないんだったら、ぼくは次から次へと別の夢を作るしかない。ああ、ぼくが別の夢を作る前にこの夢の中でぼくが死んだらおかしいと思わないかい。
そして、誰も呼んでくれなかった。

インタビュー

正しいことをやる

ウェンブリー・スタジオにいた。ネルソン・マンデラ・コンサートのためだった。イギリスの典型的な気候だった。雹が降っていて、外では寒い中を7万2000人もの人たちがすわっていた。マンデラ氏に会えるとは思わなかったが一目だけでも彼の姿を見たかった。今回のマンデラ・コンサートの顔ぶれが前回よりも良くない——大スターがいないという評を新聞や雑誌で読んでいた。私たちミュージシャンが政治にうとくバカだとか——連中はマンデラが共産主義者だと知らないのだろうかとか——彼は暴力を拒否しなかった、など。さらに、WEA——私のレコード会社——が小売店向けの広告「マンデラをあなたのために」を外してしまったと、ひどい口臭のBBCのインタビュアーが知らせてきた。そして、それについて言いたいことはあるかとバカなことを聞いた。まあ、やつらは資本家たちの犬だからな、今すぐコンサートをキャンセルすべきだろうと、私は言った。ネルソン・マンデラは刑務所に入って投票出来ず、27年後に出てきたあともまだ投票出来なくたってそれがどうしたと言うのだ——今夜、彼は10億人に話しかけるチャンスを与えられている。それがどうしたと言うんだよな、と私はそいつに言ってやった。（アメリカを除いて——アメリカで政治的すぎると思われていたし、こういう慈善公演にはみんなうんざりしている）

マンデラ氏に個人的に会うことは出来なかった。大きなビデオ・モニターで見て、あとは、たぶんあなた方と同じようにテレビで見ただけ。そして、彼は71歳だが、いくつだろうがすごい、私もあの年になった時ああいうふうでありたい。あと、もう一つ考えていた――どうやったら一つの理念のために27年間も刑務所に入っていられるのだろう。27年間は理解できない。3か月ならわかる。1年もわかる。でも27年間は理解できない。私はレニー・ブルースのお決まりのギャグを思いだした。捕まった兵士の役で、おびやかされると――ちょっと待ってくれ、こんなことする必要ないぜ。さあ、これが仲間の予定だ。自宅の電話番号もいるかい？

この疑問は私の心にひっかかったままだった。なぜなら、その翌日には私はプラハへ飛んで、チェコスロバキアの新しい大統領であり、私の個人的なヒーロー――国外へ逃れようと思えばそれが出来た、マンデラのような男――ヴィーツラフ・ハヴェルをインタビューすることになっていたから。みんなは彼に国を出て欲しかった。彼は成功をおさめた脚本家だった――なぜ彼は国に留まったのか。やつらは彼に言った――もしおまえがあの死んだ反体制派のやつらの墓に花輪を置くなら刑務所行きだぞ、と。彼は墓に花輪を置いて、刑務所に入った。それが今では彼がその国の大統領だ。彼の内閣は様々な他の反体制派の人たちで、共産党は座を追われ、チェコ人民は日々ウェニスラフ広場で30万強のデモ隊にふくれあがり、ついに一人の10歳の少年の無為な死をめぐって兵隊たちと衝突した。そして、ヴァーツラフ・ハヴェルは刑務所にいるのではなく大統領だった。詩人であり脚本家であり偉大な男だ。

出発する前に、私たちはチェコ側の連絡係の人たちと奇妙な話をした。しかし、言葉の障害でこじれたのは確かだった。カフカ的だった。受話器がフックから外れ落ちていた——長い廊下に足音がこつこつ響いていた。一番基本的な頼みごとにはっきりとした答を得るのが難しかった。私がピリピリしたのは、政府があなたがたの面倒をみますと、イラ立った口調で言われたときだった。私はニューヨーク出身だ。政府に面倒をみてもらいたいとは思わない。それと、かれらは私に演奏してくれと言った。クラブで。地元のプロモーターのために。いろいろな知り合いの姿が次々に心に浮かびあがり、私をイライラさせた——ダフ屋、海賊盤、チケットの値段。私は出来ないと言った。地元のプロモーターのために演奏したくないと言った。いつか私がツアーをやるときには演奏します、写真撮影や空港での記者会見は無しにして欲しいと言った。私はジャーナリストとしてここにいるのだからと言った。

プラハはすごくきれいで優雅で古い。インターナショナル・ホテルに泊まった。そこは遠くから見ると市営住宅みたいだった。近くでみると、それほどひどくなかったがほんとうに箱みたいで茶色だった。部屋を取るのに実際苦労した。というのは、街にものすごく大勢のジャーナリストや観光客がいたから。2日後にローマ法王がチェコスロバキアに来ることになっていた。ポールというドイツ人写真家にプラハを案内してもらい、そのあとは、新しく知り合ったのに旧友みたいだと私が思った男コシャールに案内してもらった。コシャールの本名はコシャーレックだった。400歳になる名前で小さな馬車という意味だ。コシャールは自称ストリート・イングリッシュをしゃべり、本当に街の事情に通じた人で、正確な文法を教えられることに片っ端から反抗したという。彼は本当によく話した。ハヴェルがコシャールの家に隠れて、憲章77の反体制派をもう一回集め、政府に対する抗議をもっと行なおうとしていたのは、ほんの少し前の話だったと言う。それが、いまや彼は大統領だ。コシャールは私たちのあとからついてくる大きくてうっとうしい男、別のガードマンのことを詫びた。ハヴェルには敵が多かった。共産党は彼を憎んでいる。彼は手を銃の形にして私を狙いながら、やつらは彼のともだちを傷つけたがっていると言った。ハヴェルには1日20回も殺してやるという脅迫があると言う。もちろん、そのうちの99パーセントは本気ではない。しかし、1パーセントは本気かもしれない。

私たちはプラハをぶらぶらしてインタビューの時間を待っていた。スターリンの30メートルの胸像が破壊された場所を見た。コシャールは特に激しい嫌悪をこめてその場所を指さした。1968年、ロシアの戦車が来た時、彼は14歳で、彼自身が戦車2台をふき飛ばした。ロシア人はバカだと彼は言った。やつらのガス・タンクは戦車の後部にあって、ハンマーとマッチでさっとケリをつけて素早く逃げる。共産党員を打倒したデモで、もし一番前にいたら、実際彼は一番前にいたのだが、その秘訣は速攻と素早い逃げ足だと彼は言った。80歳の老女が兵隊に向かっておまえたちはナチよりも悪いと言って兵隊から殴られているのを見たと言う。コシャールはそいつを襲った。たぶん、それが原因で彼は前歯を無くしたんだろう。

ユダヤ人ゲットーとユダヤ人墓地へ行ったが、すごく悲しかった。土地が狭すぎて死体がそれぞれの墓をもてない状態だった——墓石が上につみあげられ、それが並んでいた。悲しいな、と私は言った。きれいだ、と通訳ヤナが言った。誤解だといいんだが。

旧広場へ行った。そこの占星術時計の前に一塊りの群衆がいた。正午に時計の窓から聖人が飛び出し、最後に真鍮の雄鶏が鳴く。14 世紀のチェコの最も偉大な王、チェコ人民の王、カレル（神聖ローマ帝国カール 4 世）から名前をとったカレル橋を渡った。橋の両側に 3 メートル置きにいろいろなカトリックの聖像が 30 体並んでいる。若者たちがビートルズの歌やチェコのカントリー・ソングを歌っている。ハヴェルが大統領になる前は、橋の上で歌ったり楽器を演奏することは禁じられていた。若者たちがたむろすることもできなかった。若者たちが集まると何を始めるかわかったものではないからだ。チェコとフランス合同の映画撮影隊の横を通りすぎた。ある通りでカフカの胸像を通りすぎたが、彼の家はわざわざ見に行くほどのものではないと言われた。——カフカのものは何もないと言う。プラハの一番古いレストランで肉だんごを食べてから、準備を整えて、ヴァーツラフ・ハヴェルに会いに城に向かった。

まさに城そのもので、金張りの時計付きのすごくきれいな教会の真向かいにあるまた別の広場の中にある大きな城だった。私たちは外でメガネをかけた若い国務長官サシャ・ヴァンドルスに迎えられた。彼は赤いじゅうたんを敷きつめた階段をあがって、大統領の執務室まで案内してくれた。私たちは執務室に入って中型のテーブルについた。広報長官が通訳をつとめてくれると言う。大統領ハヴェルの英語はそんなにうまくないと彼が言った。私がテープ・レコーダーを用意すると、突然そこにハヴェル大統領が現れた。

　彼は、会ったら一目で好きになり話せばますます良い雰囲気になるタイプの人だ。タバコを次々に取り出し、ずっと吸いっぱなしだった。彼は1日18時間も仕事をするそうだ、たった3週間前にヘルニアの手術をした身にはちょっときついと思った。彼は私が今までに会った素晴らしい男たちの一人だ。テープを回して良いかどうか彼に聞いた。

ハヴェル　あなた方も朝食をいかがですか……

リード　けっこうです。ホテルで朝食を頼んだら、3人がかりで朝食を持ってきました。変な感じでした。小さなお盆に3人でしょ。しょっちゅうカフカのことを考えました――あなたの本を読む時もカフカのことを考えるんですけど、あっ、ちょっと待って下さい。このテープが回っているか調べますから……

ハヴェル　この国の国防省は廃止されましたが、それでもまだ活動している連中がいます。あなたよりも私にもっと関心をもっていると思いますね。連中は。

リード　そうは思いません。そうは思わない。ところで、私はふだん、こういうことはやりません。これまでインタビューは一度しかやったことがありません。２週間前に。私が本当に尊敬する作家がいまして、ヒューバート・セルビーという名前で、『ブルックリン最終出口』という本を書きました。それで、新しく出た雑誌が彼にインタビューしてくれと頼んできたのです。ずっと彼に会いたいと思っていたので引き受けました。本当に素晴らしかった。書くことについていろいろ聞けました。というわけで、昨日、それが素晴らしいインタビューだったことに気がつきました。もし時間があれば、お見せします。あとプレゼントをもってきました。結局、雑誌はそのインタビューを載せませんでしたが。

ハヴェル　（チェコ語で）ちょっと待って、わかりませんね……

通訳　（チェコ語で）雑誌のインタビューを載せなかった。

ハヴェル　（笑う）

通訳　（英語で）このインタビューはあなたの考えでしたか？

リード　私の考えではありませんでした。自分が一国の大統領をインタビューするなんて夢にも思いませんでした。私は型にはまらないインタビューをしても許される人間なんだそうです。

ハヴェル　まあ、私はこの雑誌の役に立つようなメッセージを持っていると思っていますし、このインタビューの中でそれを言いたいのですが、すぐに始めなければ。というのは、あいにく仕事がたくさんありますので。本当に解決しなければならない問題や危機が山とあります。もし良ければ、すぐにでも始めましょう。けれども、私はどちらかと言えばチェコ語で答えたいのですが。それをミハルが通訳します。彼の方が私よりはるかに英語が上手ですので。

リード　プレゼントです。

ハヴェル　どうもありがとう。

リード　CD です。

ハヴェル　（チェコ語で）これはすごい。やっと音楽をまともに聞くことができる。

リード　『ソングス・フォー・ドレラ』というプロジェクトの CD です。アンディ・ウォーホールについてのもので、ジョン・ケイルと一緒にやったものです。

ハヴェル　アンディ・ウォーホールが生まれた小さな村へ近々行きますよ。メジス・ドロイエ。メジラボルツェ、本当に小さな村で——

（コーヒーが出てきた）

リード　酒は無しで——

ハヴェル　ありません。この城の中では禁じられています。私だけ、私はこっそり飲むことが出来ますけど。

ハヴェル　（通訳を通して）大統領をやっていて一番嫌なことは音楽を聞く時間がないことですね。大統領であることに関連した音楽だけ……。そして、移動中の車の中が音楽を聞ける唯一の時間です。いずれにしても、この CD を出来るだけ早い機会に聞かせてもらいます。私は良いロックも同じくらい好きです。時には、ひどい現代音楽やコマーシャル、ポップ・ミュージックを聞かされる時もありますし。20 年間、チェコの放送局では陳腐なポップ・ミュージックしかかかっていなかった。今は、かつて人々がテープをこっそり交換しあっていただけの音楽をラジオで聞けるようになりました。カセットを長いあいだ配給していると逮捕されるのが普通でした。今は、みんな刑務所から出てきたし音楽もラジオでかかっている。

リード　つい先頃までカレル橋の上でギターを弾いてはいけなかったというのは本当ですか？

ハヴェル　それは本当のことで、ときどきポップ・ミュージシャンたちが逮捕されていました。あるいは少なくとも拘置されて……警察署にしばらく拘置されて釈放されました。けれども、音楽の話をしているついでにひと言言いたい。私たちのこの革命は他のすべての面とは別に音楽的な面をもっています。あるいは芸術的な面。特に音楽的な背景を持つ革命。

60年代の終わりにロック・ミュージックの波が押し寄せました……ソビエト侵略の後ほとんどのバンドが解散するか違う音楽を演奏し始めました。というのは良いロックは実際に禁止されたので。長く続いたバンドが特に一つだけありました。改名もせず変わらなかった。いくつかありましたが、特にそのバンドが一番有名でした。かれらのスタイルはヴェルヴェット・アンダーグラウンドの影響をものすごく受けていました。私は1968年にニューヨークからヴェルヴェットのレコードを持ち帰りました。初めのころのレコードの一つで……。このバンドはすごく迫害され始めました。まず、プロとしての資格を失くし、私的なパーティーだけしか演奏できなくなりました。そして、しばらくは私の夏の別荘の納屋で演奏しました。非常に複雑な方法で秘密のコンサートを組織しなければなりませんでした……。そのバンドの名前は「プラスティック・ピープル・オブ・ザ・ユニヴァース」。そしてそれを取りまく形で暗い70年代と80年代のアンダーグラウンド運動が始まったのです。それからかれらは逮捕されました。数人の友人とかれらの逮捕に反対するキャンペーンを組織しましたが、髪の長いロック・ミュージシャンたちを支援してくれるように、まじめな紳士たちや学者、ノーベル賞受賞者たちを説得するのはかなりきつかったです。まあ、とにかく、私たちは成功しました。これがきっかけとなって一種の団結のコミュニティが形成されていきました。

その時のミュージシャンのほとんどが釈放され、私たちのキャンペーンの圧力で減刑された者もいました。こうやって出来あがったコミュニティをこのまま解散させるべきではなかったし、もっとしっかりした形で続けるべきだったのでは、ということでした。ここから憲章77の人権運動が始まったのです。

リード　そういうことだったのですか。

ハヴェル　そのバンドの裁判は特別な事件でした。そういう裁判に出るために裁判所の建物に入ることはまだ可能でした。建物は人でいっぱいになりました。大学の教授が共産党の最高会議幹部会の元メンバーや長い髪のロック・ミュージシャンたちと親しげに話していたし、その一部始終の間、警察に囲まれていました。

これは、そのあとに起こることの予兆でしたし、憲章77の本質あるいは特徴の現れでした。憲章77は、異なる背景を持ち、異なる見解を持った人々を連合させて、全体主義へのレジスタンスと反体制の声をあげるという点で協力させたのです。私たちの何人かが逮捕され刑務所に入りました。しかし、今は憲章77のメンバーは国会議員となり政府の一員になり、あるいはこの城にいます。

私自身は憲章77の最初の3人のスポークスマンの1人でした。私が言いたいのは、音楽、アングラミュージック、特にヴェルヴェット・アンダーグラウンドというバンドの1枚のレコードが我が国の発展の中で重要な役割を果たしたということです。アメリカ人の多くがこのことに気付いていませんね。これがあなたに言いたかったことです。もう一つありますが、たぶんもう少しあとで。

しかし、まず言うべきことは、ロックバンドの常として、かれらは変わっていきます。バンド名を変えたり、離れる者が出たり。このバンドの核はまだ存在していますが、名前を変えました。今の名前はミッドナイト——ウノットです。先日、復活祭でしたが、別荘へ車で行く途中、ラジオをつけると、まさにこのバンドの演奏で過ぎ越しの祝いの音楽をやっていました。私の別荘で録音したものだったのですが。

リード　過ぎ越しの祝いの音楽？

ハヴェル　そう、過ぎ越しの祝いの音楽。その曲は13年くらい前に録音されたものです……。一度もリリースされませんでした。かれらは2日間別荘にこもって録音していました。（チェコ語で）秘密で。チェコスロバキア・ラジオで突然この音楽を聞くのは本当に奇妙な経験でしたね。

リード　ジョーン・バエズがよろしく言ってました。

ハヴェル　（英語で）どうもありがとう。彼女にもよろしく伝えてください。彼女がプラハで公演する6月7日に会いたいと思っています。6日か7日だと思います。あなたが彼女をモスクワに連れていきますよね。彼女はブラティスラヴァでコンサートをします。プラハで一回だと思います。

リード　私は本当にあなたを尊敬しています。『オルガへの手紙』を読んで……

ハヴェル　読み、読み、

リード　読んでもわからない。

ハヴェル　あれは読んでもわからない本です。刑務所の中で書きました。理解出来てしまうものはすべて禁じられていました。

通訳　検閲されていました、です。

ハヴェル　検閲、検閲されていました。そのおかげで私はますます込み入った文章を書きました。今読んでみると、良くわかりませんね。あれは極度に込み入った言語ですが、刑務所の検閲の圧力のせいです。そうなんですよ、わからなければ許可しますから。(笑い)

リード　なぜ、ヴェルヴェット革命（ビロード革命）と呼ばれているのですか？

ハヴェル　この名前は（チェコ語で)、チェコ語で話します。

ハヴェル　（通訳を通して）この名前をつけたのは私たちではなく、西側のジャーナリストでした。かれらは簡単なラベルが好きです。それがここでも使われたというわけです。いまだにその言葉を使っている連中がいます。

まあ、確かに私たちの革命に関して興味深いことと言えば、革命のきっかけとなった初めの大虐殺は別として全くの無血革命だったということです。けれども、それがヴェルヴェットみたいになめらかだったという意味では必ずしもありません。あるいは、私たちがヴェルヴェットのような時代に生きていたというわけでもありません。それは単につけ足しみたいなものです。

この雑誌のためにもう一つぜひとも言いたいことがあります。60年代の反体制運動のすべては私たちの世代とそのあとの世代に大きな影響を与えました。1968年、私は6週間ニューヨークにいました。デモやラリー、学生たちの抗議集会（コロンビア大学で）に参加しました。（チェコ語で）あと、グリニッジ・ヴィレッジやイースト・ヴィレッジへも行きました。

リード　どこへ？

ハヴェル　ストライキ中でしたが、そこでしゃべるように私を紹介してくれました……あとエール大学とMITへも行きました。それから、ミロス・フォアマンと一緒にビー・インに参加したり、そんなこともしました。私たちはグリニッジ・ヴィレッジやイースト・ヴィレッジを歩き回って、ポスターをいっぱい買いました。まだ持っていますよ。その時に買ったサイケデリックなポスターは別荘に貼ってあります。

リード　CBGBへは行きましたか？

ハヴェル　それはもっとあとでした。ボブ・ディランとかジミ・ヘンドリックスのような有名なミュージシャンの多くがすでに出ていましたが、後になって出てきた人も何人かいました。（チェコ語で）最近といっても、革命のあいだに宝物のポスター2枚を誰かに盗まれました。なぜだかわかりません。

リード　ヴェルヴェット・アンダーグラウンドは一度も見なかったんですか？

ハヴェル　ライブは一度も見ませんでしたがレコードは買いました。初版を。少なくとも私は初版ものだと思ってます。

リード　表紙にバナナが描いてある？

ハヴェル　長いことレコードを見ていません。70年代の初めに聞いていたレコードです。ですから、バナナは覚えていません。真っ黒で白い文字だったのは覚えています（LP『ホワイト・ライト／ホワイト・ヒート』）。ときどき、ロック・ミュージシャンたちの中にはこのレコードを盗もうとした者もいましたね。でも、まだ手元にあると思います。話を続けさせて下さい。

60年代の全精神が、反体制の反乱が、私の世代や若い世代の精神面に大きな影響を与えて、それがものすごく奇妙な方法で現在まで受け継がれています。しかし、私たちはさらにもう一歩を踏み出したという点で、この20歳の反乱とは違います。小さくて目立たない一歩かもしれないが、ものごとを単純にうち壊したままにしておくことは出来ないし、新しい方法で築かなければならないという認識です。そしてたくさんの人たちが政治的な責任を取りました。たとえば、ミハル・コツァプ。彼はたぶん我が国で一番有名なロック・ミュージシャンですが、彼は今一番仕事をこなしている国会議員の一人です。作曲の時間があまりないそうです。社会に対して一種の犠牲を払っているわけです。しかし、城の警備員たちのための曲を書くだけの余裕はあるようですが。

2か月前、合衆国へ公式訪問した時、ニューヨークへ行きました。その時に、ミロス・フォアマンと一緒にCBGBへ立ち寄りました。あとで知ったのですが、そこのマネージャーが、私たちは全然気づきませんでしたが、彼がプラハの友人に電話して、チェコの大統領が自分のところに来ていると言いました。このことで一番びっくりしたのは、私の警護に当っていた30人のシークレット・サービスたちでした。かれらは本物のランボーでした。しかし、最後にはシークレット・サービスの連中は私を気に入ってくれて、プレゼントとして私にセーターをくれたほどです。私が出発するとき、かれらは悲しんでくれました。でも、私はこんなことは活字にしませんでした。

通訳　あっ、大統領は私が検閲すべきだったと言っています。でも、このくらいは大丈夫だとおもいますよ。

リード　米国では今レコードを検閲しようとしているって知ってますか？　ラベルをはってやろうとしているんです。

ハヴェル　ええと、私たちがアメリカにいた時、ニューヨークのセント・ジョン・ディヴァインでコンサートがありました。そこに有名な作家やミュージシャンや他の人たちが大勢集まりましたが、そこで学んだのは、かれらにはかれらの問題があるということです。私の心はいつも表現の自由のために闘う人たちと共にあります。しかし、アメリカの200年の民主主義は十分に成熟していますから、ブッシュ大統領へメッセージを伝えるのに私が仲介者となる必要はないのではないですか。直接大統領に言うことが出来るでしょう。

リード　努力はしていますね。

ハヴェル　かれらのために嘆願してくれと頼まれましたが、そういうことはすべきではないと思います。かれらを侮辱することになりますから。かれらは市民で、何でも言いたいことは自分たちが選んだ代表に言えるんですから。

リード　ドイツの再統合に賛成ですか？

ハヴェル　あれは遅かれ早かれ起きなければならなかったことだと思います。そう思わなかった者は先見の明がなかったということです。そして、もし心の準備をしていなかったとしたら、それは本人の問題です。

通訳　（チェコ語で大統領に）考えるだけの時間がないので、通訳にてこずっています。

ハヴェル　（チェコ語で通訳に）通訳はあなただよ。そう、これはロック雑誌。スキャンダルにはならないと思うけど、どう思う？

通訳　（ハヴェルにチェコ語で）ならないでしょう、ね？

ハヴェル　（通訳を通して）ベルリンの壁はヨーロッパの分割のシンボルでした。この壁の崩壊は私たちみんなにとって解放でした。壁が無くなったらドイツが再統合するのは当然のことです。もしも、そういう壁が現在のプラハにあったとしたら崩壊するでしょう。そして、人民もまた一体化するでしょう。

リード　あなたは音楽が世界を変えることができるとはっきりと感じとり、証明出来るんですよね。

ハヴェル　音楽だけではだめです。それ自体では十分ではありません。しかし、人間のスピリットを呼びさますものの一部として大きく貢献できます。（ドアがノックされる。ハヴェルと女性秘書のあいだで詰っている予定と時間切れになっていることについてのやりとり） 時間がなくなってきたようです。今夜、あなたがギャラリーで演奏するというのは本当ですか？

リード それは全く違います。私はギターを持って来ていますが、それは大統領のために演奏するかと思ってのことです。ナイトクラブで演奏するつもりはありません。今言ったように個人的にあなたのために演奏することはあっても、クラブでは絶対やりません。それだけの度胸はないですね。

ハヴェル もし私だけがあなたの演奏を楽しむとしたら、ちょっと気がひけますね、今夜来ない友人たちみんなも同席したがりますし。さっき話したバンドのメンバーも同席するでしょうし、こういう音楽を聞いていて逮捕された人たちや友人たちも……。

リード 大統領もそこに行きますか？

ハヴェル 今夜は私の芝居の初演です。私は11時から12時の間なら行けるでしょうが、11時前には行けませんし、12時以降は残れません。

リード 大統領でいることのメリットは……

ハヴェル メリットはまったくないですね。真夜中過ぎにもいくつかのスピーチを書かなければなりません。私の芝居の初めての夜を特に楽しみなわけではありませんが、今までこの芝居は禁止されていたのでこれが初めてなんです。劇場もこれをプロデュースするのに2年間も苦労をしてきましたので、これはかれらの初めての夜ですから私もそこにいなければなりません。でも、そのあとなら行けますけど……。とにかく、私は劇場に行かないわけにはいきませんし、役者やスタッフたちにお礼を言って、役者たちと握手して、そのあとなら……

リード　そこは大きなクラブですか？　というのは、もし大統領と友人たちだけなら私も居心地は良いと思います。でも、人がたくさんいる大きなクラブだったら……。おわかりのように私はプライベートな人間なので。

通訳　大きなクラブではありません。こぢんまりとしたクラブで、我々はちょうど話し合っていたところです。何人が……

リード　とにかく、私はものすごくプライベートな人間なので、ここに着いたときも空港にカメラマンが一人たりともいて欲しくなかった。写真を撮られるのが嫌いだから。インタビューされるのも嫌いだし——私は状況をコントロールするのが好きなんです——たくさんの人たちと違って。そういうのはいやです。適した状況のもとでその人たちのために演奏するのは名誉ですが、状況がつかめていないし、そこへ出向いていくというのは私にはちょっと出来ないですね……

通訳　多くても200人だと思います。招待なのでそこにいるのはみんな友人たちばかりです。

ハヴェル　（英語で）ほとんどがミュージシャンで、「プラスティック・ピープル」や他のバンドのメンバーたち、あと、ミハル・コツァプ、前に話した我々の議会で一番の議員と何人かの友人たち。公けにはしていません。誰にも知られないでしょうし、もしあなたが我々にそうして欲しくないのでしたら、もし写真家に来て欲しくないのでしたら、写真家は来ませんよ。私がそこに行くことも誰にも言いません。もし誰かに言ったら、1000人がついてくるでしょうから。

通訳　（チェコ語で）かれらはみんな友人です。たくさんたくさんいます。

ハヴェル　（英語で）我々にはたくさんの友人がいます。しかし、そこには150人だけにすることが出来ます。かれらと話したり、かれらが演奏したり、もしあなたさえ良ければ、かれらのために演奏できるようになど、いろいろ手配できますよ。私はそこに11時ごろ行きますが、あなたの演奏を聞けるんだったらたいへん嬉しいです。もしあなたがかれらや私とただ話し合うだけの方が良ければ、そう出来るし、そのあと私はひきあげますから。

通訳　（チェコ語で）もし我々が2、3人の青年をドアのところに置いたらたぶん助かると思いますけど。

ハヴェル　（英語で）2、3人手配するのは簡単だ。私の私服警備官たちで何とか出来るから。

リード　かれらが私の面倒も見てくれますね。

通訳　いいえ。ただ入り口をコントロールするだけです。友人たちが入れるように。

リード　もしこれがそこにいる人たちにとって重要で大統領からの頼みでしたら、それはもう名誉なことです。状況がコントロールされているのであれば。前にも言ったように、私はたいへんプライベートな人間なので。出来ることならいつでも状況をコントロールするようにしています。そうすれば、自分のやることを目いっぱい最高にやれるから。でも、これが大統領の希望であれば、あなたと友人のためにやることは名誉だと思います。

ハヴェル　もし私と、この音楽を20年にわたって聞いている友人たちにとって、あなたの演奏を聞けるなら本当に幸せです。それはかれらの人生の一部になることでしょう。もちろん友人たちだけで他には誰も入れないことを保証します。私は11時プラス・マイナス10分でそこに行きます。

リード　（笑う）

通訳　（チェコ語で）私がプラス・マイナス10分と言ったら、彼が笑い出しました。（英語で）というのは、芝居が正確にいつ終わるのかわからないからです。7時半に始まります。

リード　そこまで私と妻を連れていってくれる人は誰かいますか？

ハヴェル　もちろんです。

リード　これは私にとってすごく新しい状況でして、この街はほんとうにきれいだし、大統領に対する私の尊敬はすごく大きいです。だから何か積極的なことをやりたい。それが何であるかわかっているかぎり。

それがわからないと何をしたら良いのか正確につかめない。そういうわけで、私はほとんどすべてのことに「ノー」と言いました。ここに来て、この状況でどうするのが一番良いことなのか言ってくれる誰かと話すまでは。あなたが適任者だと思いましたが。

ハヴェル　（英語で）我々は適切な人たちをあなたに推薦出来ますし、我々は推薦出来ない人たちが誰かも知っています。こういうこと、ここで我々がやっているようなことは、この城の中でやるというのは、ちょっとおかしい気もしますが、真実です。例えば、（チェコ語で）ラダに責任を持って組織してもらえるかどうか？（英語で）あなたに連絡をとって、何やら手配しようとしたいろいろな人たちが誰なのか、私は知りません。でも、このインタビューを手配した人たちは大丈夫ですし、推薦出来ます。これまで話したアンダーグラウンドの人たち、かれらとかれらを取り巻く人たち、いわゆるチェコ・アンダーグラウンドの人たちはみんな大丈夫です。

リード　話していた相手のことが何もわからなかったのですごくきつかった。

ハヴェル　わかります。もちろん、私の顧問サーシャがあなたと詳しく打ち合わせをします。私は残念ながら他の仕事があります。人と会う約束、大臣とか誰か……

リード　大統領に会えて本当に光栄です。時間を割いて頂いてありがとうございました。

誰もがギャラリーと呼んでいる（チェコ語でイエ・ポジヴナ）クラブへ私たちを連れていくために、コシャールが10時に来た。旧プラハの華麗な建物とその装飾的な正面を離れ、新しいプラハに向かうときはもう暗かった。ギャラリーは中サイズのクラブで、300人ほどの観客が座っている床から50センチほど高くなったところに小さなステージがついていた。他の人たちはしゃべりながら動き回り、ときどきバルコニーの方へ移動していた。そのバルコニーは高さ10メートルくらいのところにあった。ギャラリーはアート・ギャラリー、町庁舎、反体制派のコミュニケーション・センターも兼ねていた。到着すると、すごく幅の広い階段を二階分降りて、バンドが演奏しているステージのところまで行った。かれらがすごく若く見えると言うと、かれらは子供ではないと言われた。ドラマーは42歳だった。そのバンドはプルノックかミッドナイトで、ユニヴァーサル・プラスティック・ピープルとヴェルヴェット・アンダーグラウンドのリバイバルのバンドメンバーたちによる混成だった。バンドの構成はギター2人、キーボード、ベース、チェロ、ドラムと女性ヴォーカルが1人だった。コシャールが約束した通り、ステージの前に古いフェンダー・トゥインが1台置いてあった。建物の音響システムは典型的な小さなクラブで、ヴォーカルの低音がちょっと行き過ぎだったが、それ以外は良かった。

私は突然曲に聞き覚えがあることに気付いた。かれらはヴェルヴェット・アンダーグラウンドの歌を演奏していた——私の歌の、きれいな、心に染みる、非のうちどころのない編曲だった。信じられなかった。一夜漬けの練習で出来るものではなかった。私が聞いているうちに音楽はより強くより大きくなった。「ドラマーが、あなたがここにいると聞いて気を失いそうだと言ってます」とコシャールが言った。「あなたがこのクラブに来てかれらの演奏を聞くなんて、かれらの夢がかなったのです」

事実、観客は全員が反体制派だった。憲章77のメンバーは人口1500万人のうちの1800人だ。歌が次から次へと披露され、それぞれが前のと同じように熱がこもっていた。編曲、強調されたライン、間のとりかた。まるで時間を遡って自分自身の演奏を聞きに戻ったような感じだった。感動したと言うだけでは足りない。自分を落ち着かせるために舞台裏へ行き、世界共通の楽屋——狭くて寒くてむきだしで天井から裸電球が一つぶら下がっている——と呼ばれているところに入り、音合わせをしようとギターを取り出した。私のチューナーは壊れていた。チューナーの針はでたらめにチカチカするだけだった。「バンドから一つ借りてきましょう」とコシャールが言った。そして、それも壊れた。それで私はというと、大統領だけでなくこの素晴らしい人たちのために演奏しようというのに、音合わせが出来ないでいる。まさにヴェルヴェット・アンダーグラウンドそのものだった。しかし、このバンド、プルノックは模倣ではなかった。まるでかれらはヴェルヴェットの心と魂の底まで吸収し——ヴェルヴェットの素晴らしいアイデアを骨の骸まで吸収しているかのようだった。私が耳で音を合わせているうちに、汗が蒸気になってメガネが曇った。ウェムブリーで7万2000人を前にソロで歌ったが、これはもう少し個人的なことだった。その時、コシャールが「ハヴェルが着きました」と言った。私は腕時計を見た。11時10分だった。

私はステージに行ってフェンダーにギターをつなぎコードを鳴らしてみると、音が合っていた。というわけで、あとは何も私をとめるものはなかった。アルバム『ニューヨーク』からいくつか演奏し、言葉が多いけれどもそれを言えば全部がそうだと気づいた。私がステージから去ろうとすると、バンドに共演させてもいいかとコシャールが聞いた。かれらが加わり、私たちはヴェルヴェットの古い曲を演奏しながら燃え上がった。私がもちかけた演奏曲を全部かれらは知っていた。まるで私のうしろにモー、ジョン、スタールがいるようですごく晴れやかな気分だった。すぐに私は疲れ果て、汗だくになったが有頂天になり、コシャールのあとについてバルコニーへ行って晴れやかなヴァーツラフ・ハヴェルと一緒のテーブルについた。彼はジャケットを脱ぎ、ネクタイを緩めた。「楽しみましたか？」と私に聞いてきた。「はい、楽しみました」と私は言った。「それは良かった」と彼が言った。「あなたに会わせたい友人が何人か居ます」と言って、彼はびっくりするような人の列、みんな反体制派で刑務所に入っていた人たちに私を紹介した。私の音楽を演奏して刑務所に入っていた者もいた。刑務所に入っていた時、自分を勇気づけ慰めるために私の歌詞を暗唱していたと大勢が言った。中には、私が15年前に書いたエッセイの中の一行「誰もが音楽のために死ぬべきだ」を覚えている者もいた。それは私にはとてつもない夢で私の最も遠大な期待をはるかに越えるものだった。私が大学を出てヴェルヴェットを形作ろうとしていたとき、他のこともさることながら当時書かれていたものに比べて一つの歌がどれだけの力を持ち得るかを気にしていた。だから、ヴェルヴェットと私自身のアルバムは表現の自由——好きなことについて好きなように書く自由についてのものだった。そして、その音楽はここチェコスロバキアに安住の地を見いだした。

ハヴェル大統領は友人たちと一緒に飲んでいた。それは大統領として公けの場ではやらないことだった。彼が唯一持っている書く時間はスピーチを書くためのものだった。ローマ法王が2日後にやってくる。自分自身のスピーチを書く男を、自分独自の言葉を語る男を想像してみろよと思った。ジョージ・ブッシュはどうだい……違う。スピーチを書くのは簡単だとハヴェルは言った。事実、彼がすごく速く書くと言ったことに憤慨している者もいた。だから今ではもっと時間がかかると言っている。彼には自分のものを書く時間がないし音楽を聞く時間もない。酒を飲む時間もない。外交政策は難しくないと彼は言った。他のもっと不愉快な問題があるのだ。

彼は席を立った。「行かなければなりません。これから外国の公使に会わなければならないとかいった用があります。ああそうだ、これをぜひあなたに」と言って、身をかがめ、私に日記サイズの小さな黒い本を渡してよこした。

「これは手刷りのあなたの歌詞集で、チェコスロバキア語に訳してあります。たった200部だけです。これを持っているのはとても危険でした。刑務所行きになった人もいますが、これであなたも1冊持っていることになります。我々のために無事を願っていて下さい」

彼は行ってしまった。

翌々日——ハヴェルはそれを奇跡と呼んだ——ローマ法王が到着した。彼と大統領の演説が広場いっぱいに放送された。私たちがホテルを出て空港へ引きあげる時もまだかれらの声が聞こえた。ローマ法王は、あとで知ったのだが、ハヴェルにウイルスのこと、西側の道徳の腐敗のことを警告した。「たぶん、あなたのことだったんでしょう」とコシャールは笑いながら言った。「あそこが」と言って、彼は張りめぐらしたバラ線の向こう側にある醜い四角いグレーの建物を指差した。「やつらがハヴェルに刑を言い渡す前に、彼を拘置しておいた場所です。金持ちの車の中にいるより古い車の中にいる方が安全なのを知っていますか？」彼はまた指を銃の形にした。「古い車の方が安全です。夕べは、我々は大統領の警備を２倍にしたんですよ。彼はクラブへ行かなければならなかったし、ものごとを難しくしました。しかし、彼を殺すのはそんなに簡単ではありませんよ。あなたは我々の国で楽しんで頂けましたよね」

その通り、私は楽しんだよ、コシャール。そう、私は楽しんだ。ヴァーツラフ・ハヴェルのことと、私が一番聞きたかった質問に対する彼の答を私が考えない日は一日もない。その質問は――「なぜあなたは留まったのですか？　なぜあなたは国を去らなかったのですか？　どうやってあのおそろしい虐待に耐えたのですか？」それに対して彼はこう言った。「私が留まった理由は、ここで暮らしているからです。私は正しいことをしようとしただけでした。こうしたいろいろなことを私が計画したわけではなかったのですが、我々が成功することは決して疑いませんでした。私は正しいことがしたかっただけでした」

私はヴァーツラフ・ハヴェルが大好きだ。無事を願い続けよう。私も正しいことをしたい。

口を探し求める叫び

ずっとヒューバート・セルビーに会いたいと思っていた。『ブルックリン最終出口』は凄まじく、〝偉大な新しい声〟を先導する緊張と激怒に満ちた素晴らしいオリジナルな作品だ——ページから飛びだした爆発。

セルビー　読者に感情的な体験をさせたい。私の理想としては文章ヅラがすごく強烈で、読者は読む必要がないくらいにしたい。（笑う）文章がページから外れて、読者がそれを吸収する——使うんだな、つまり。
リード　あれを書きあげるのにどのくらいかかりましたか？
セルビー　6年間。
リード　書いたり書かなかったりで？
セルビー　いいや、毎晩。まったく毎晩だったんだよ。

ヒューバート・セルビーの目は青い——薄い青だ。肉体的に地獄を体験しているはずだから、彼の目に赤味がないのは実に奇妙だ。彼は片肺とあばら骨数本がない——商船にいたときにかかった結核が原因だった。彼は縮こまった文字「S」みたいに見える。手書きは苦痛すぎるからタイプを打つ。

セルビー　あれは拷問だった。書くことを習わなければならなかったから。たとえば「トゥラララ」――確かたった20ページかそこらだ。よく覚えていないが。あれはそんなに長くない。でも2年半かかった。すわったままどうやったら建設的に、明確に考えられるのか私にはわからない。私は口に出して、場合によっては誰かと大声で話しながら紙に書かないと考えられない。その時間の大半はストーリーを理解するのに費やされた。

こういったストーリーを友人たちが見て出版するよう励ました。一部は出版されたが、載った雑誌の名前も今では覚えていないという。

セルビー　最終的に自分がそのストーリーをどうしたいのか理解できた時、こんなふうに（指をパチンと鳴らして）決まった。

リード　それはいつでしたか？

セルビー　2年半後。（笑う）ストーリーを理解しなければならない。思うに我々はみんなストーリーを与えられているんだよ。そして私に書くように与えられているストーリーを理解するのはアーティストとしての責任なんだ。つまりストーリーのエッセンスそのもの、その精神的な力学を理解し、そこから芸術作品を創造する。だから「トゥラララ」にかけた2年半のあと、ストーリーでの自分の使命は散文の緊張とリズムを通してトゥラララという個人の精神的な力学を描き出すことだと気づいた。

リード　これは振り返ってみてそう思うんですか？

セルビー　ええと、私は理詰めでこのことにたどりついたわけではないんだ。突然、2年半後に悟った。ああ、私がやろうとしていたのはこれだったのかって。あとは書くだけ。しかし、あの時は頭の中にあるものをそれが何であれ、いわゆる素材と言われるものを繰り返し考えて2年半を過ごして、それが突然（指をパチンと鳴らして）こうひらめいた。

リード　チェコスロバキアにしかない状況って何だと思いますか？

セルビー　なぜかね、興味があるね。なぜ、チェコスロバキアだけなのかね？　何が違うんだい。いろいろなことで？他の国よりも違う？　たぶん私は何かに気づいていないんだな、だから私は聞いているんだよ。

リード　反体制派の脚本家が大統領になったでしょう。

セルビー　ああなるほど。しかし、それは特別なことじゃない。

リード　うーん？

セルビー　東ヨーロッパでは特別なことじゃない。特に東ヨーロッパでは。過去、哲学者や詩人が——西ヨーロッパでも——内閣や議会のメンバーになり主導者にもなっている。だからそれはなにも特別なことではないね。素晴らしいことだとおもうけど特別なことじゃない。アメリカは大根役者だけが権力をもつ唯一の国だよ。わかるだろ？　そうなんだよ、想像力を持った人たちじゃない。いわゆる「建国の父たち」はみんな神秘家で霊的な指向を持つ人たちだったがね。

リード　なぜあなたは作家なのですか？

セルビー　そうだな。ブッダが「なぜとは聞くな」と言った。自分がなぜ作家なのか本当にわからないけど、私は作家だ。他にやることがないからね。書かないんだったら全く死んでいるよ、私は。どんなに気分が良くても、タイプの前にすわれば気分はもっと良くなる。私は――私は本当に生き返る。もっと完全な気がする。働いているときの方がもっと生き生きしている。そしてこれが私の仕事だ。

リード　いろいろな事が頭に浮かぶ方ですか？

セルビー　まぁ、ある意味ではそうだが、やっぱりそれは誤解を招きやすいな。ときには私の意識にどこからともなく考えが降って湧くようにみえるかもしれないが、多くの場合、その考えが練られている。考えようによっては、頭の中でその作業が進んでいるのを感じるし、聞こえるし、それが浮かびあがって、私の意識に自分自身を差し出してくる。それで、私はすわる。あるいは突然一つの文が聞こえたり、それを書いたりするまでは気づかなくて、それから書き出すという場合もある。

リード　それを書いたのはいくつの時でしたか？

セルビー　書き始めたのは、ええーと、たぶん28くらいだったかな。ちょっと待てよ。ちがうな、もっと若かった。たぶん書き始めたのは26だったと思う。そのへんだった。

リード　信心深いほうですか？

セルビー　違う。教会のように組織された宗教という意味合いでは宗教的じゃない。

リード　そう。確かいろいろな短編――『最終出口』の中のいろいろな章――で前置きに引用がありましたが。

セルビー　たいていは旧約聖書。そうだな。

リード　聖書を読むのは楽しいですか？

セルビー　そうだな。旧約聖書の読み方を習うのに何年も何年もかかった。ついにその方法を見つけて楽しんでいる。深く突っ込んだ状況に対するすごく単純な見識が実にたくさん入っている本だから、しょっちゅう読んで楽しんでいる。そうなんだ。意識が——呼び起こされる。

リード　単純な見識？

セルビー　そう。たいていすごくはっきりしている。すごく単純。それでいて何か——

リード　単純というのは普遍的という意味？

セルビー　まぁ普遍的なんだけど、ごく単純に述べられているよ。真実は出会ってみるといつもすごく単純なんだよ。しかし、真実がどんどん枝分かれしていく。真実を受け入れて吸収すること。旧約聖書のそういう部分はたいてい、その後に来る出来ごとを要約しているし、そのストーリーの中で述べられている問題に対する答も示している。

リード　『出口』が映画になりましたけど、26 年前の小説に再び熱中するのは難しかったですか？

セルビー　そうだな、難しくもあったし、そうでもなかった。というのは、実際には熱中しなかったから。しかし、プロデューサーや監督と話し合っているときに、まずあの小説のいろいろな断片が差し出された。それで脚本家が映画用に書いた概要を読んで、かれらと脚本を読みこみ、撮影現場を見ているうちにだんだんと形になってきた。つまり、その中に一気に飛び込んだということじゃなかった。あれには興奮したよ、本当に刺激的だった。私があの人たちをどれだけ好きだったかその感覚を忘れていたんだ。

リード　かれらをどれだけ好きだったか？

セルビー　そう。

リード　登場人物のことですか？

セルビー　そう、そうだよ。かれらが登場人物だとは思えない、私にとってはね。私はかれらが実在の人たちだと思っている。

リード　うんざりするほど聞かれると思いますが、こういった登場人物はあなたのいろいろな知り合いの中から作り上げたものですか？　例えばトゥラララは実在のモデルがいるわけではないんでしょう？　こっちからあっちから集めた人物の特徴に基づいているとか？

セルビー　多少は。トゥラララという名前の人物が実際にいたよ。けれども、彼女について知っていたのはそれだけ。どこかで一晩に二つのことを聞いてた。トゥラララがバーで胸を見せた夜の話は覚えている。そして別の時に誰かがこう言った――何か月もあとで――裸のトゥラララを見つけたと――これがトゥラララについて私が知っているすべてだよ。あとは名前だ。トゥラララのような名前は心にずっとひっかかっている。「ストライク」についても同じことだ。あれは全部想像だけど、自分の想像で濾過した私の人生経験でもある。現実に近い唯一のものはジョーイ。ジョージェット。ジョージィというゲイの若者がいた。だからあの部分は正確だ。あの本の中のジョージィのあり方は私だ。わかるだろ、私の想像――とかそんなもの。

リード　本の中であなたの思っているジョージィの考え？

セルビー　その通り。

リード　一人の心から誰かの心へ、そこからまた別の人の心へと続く内的独白を使うあなたのやり方は興味がありますね。誰の心理なのか明らかにされない。口調で誰が言っているのか認識しなきゃいけない。「誰々が思った」なんて言わない。

セルビー　あれにはものすごく苦労した。我々は自分たちの言葉やその使い方、しゃべるリズム、言葉の並べ方の中に自分の内面を反映していると、私は信じている。私はラジオのサム・スペイドで育ったんだよね。しかし、私に考えられる最大の影響は「通り」だ。あのニューヨークのどうしようもない通りだよ。ロスのようなところへ行けば、それがよくわかる。あそこは本当に均質化している。ロスに行ったことがあるだろ？

リード　もちろん。

セルビー　あそこのしゃべり方がどんなに均質化しているかわかるだろ。その男の出身、ギリシャ人なのか、イタリア人、スイス人、アイルランド人なのかわからないよな。みんながオクラホマ出身みたいだ。しかし、ニューヨークは違う！　すごい！　あの言葉！　言葉はまさに——

リード　それも——

セルビー　まさに——すっごいバイタリティだ。

リード　エネルギー。

セルビー　そう！

リード　そう、ニューヨークに戻ってくるとわかる。それがあるんだな、ニューヨークには——窓から街を見渡して、それで着地して地面に足をつけたとたん始まる。

セルビー　そうなんだ。

リード　叫び声や怒鳴り声そんなものをすべてひっくるめて、その真っただ中に降り立ったような気分だ。

セルビー　私もだ。私はあれがどうしようもなく好きだな。この前ここにいたのは我々があの映画を撮影したときだったが、街中通りを歩き回っていたら、そこに物売りが居た。ヒップスターなんだよな。彼は通りでブランケットの上にいろいろな物をのっけて売っていた。そこへ一人の男がやって来てかがみこんで見ていた。そして、私がちょうどその横を通りかかると、（笑う）そいつが「保証付きだよ」と言っていた。

リード　うん、よくわかるなあ。

セルビー　（笑う）

リード　30日で戻ってくると言う。

セルビー　（笑う）

リード　もちろん壊れている。

セルビー　私は……（笑う）

リード　そう。このあいだ地下鉄に乗っていたんだけど——そうだな、あれは果てしない源だな——このあいだ地下鉄に乗っていたら、そこに一人の男が乗ってきて、自分はドクター・ダブル・バブルだと言った。でしょう？　それで、そこから彼は始めた。なぜあなたが彼に金をあげるべきなのか、なぜあなたがホームレスに寄附すべきなのかに関する自分なりのコンセプトだった。あれは素晴らしいラップだった。金をもらうだけの価値はあった。ああいうことがよそで起きるとは想像できない。

セルビー　想像できないな。

リード　それで、これは低いレベルでのエネルギー。もっと緊張が――明確に得られるようなことがまだある。

セルビー　そう。

リード　『出口』を映画化したいと言われた時のあなたの反応はどんなものでしたか？

セルビー　そうだな、私はいつもすごい映画になると思っていた。というのは、私は視覚的に書くので、私の書き方は――自分がそれを感じる。そして自分がそれを聞く。作家としての意識に対する大影響はベートーヴェンだ。私は彼の音楽を視覚化できる。それで書く段になったら、自分が感じて、見て、聞くことすべてを完全に描写する完璧な言葉をさがし出す努力をする。だから、すべてが視覚的なことだね。私はすべてがはっきりと見える。

リード　ところで、正式に教育は受けられたんですか？

セルビー　15歳で学校をやめた。

リード　それで「完璧な言葉をさがす」と言うのは――

セルビー　あるいは完璧な音節とか。

リード　あなたにとって、完璧な言葉を与えてくれるのは独学、自覚といったものですか？――

セルビー　私たちはみんな自分に必要な完全さを持っている。

リード　（笑う）素晴らしい答だな、それは。

セルビー　しかし、それは真実だよ。

リード　うん、もちろん、それは真実でしょう。

セルビー　私は動いて道からどくだけ。そして向こうから勝手に来させる。言ってることわかるかい？

リード　よくわかります。

セルビー　そうなんだ。それで——事実、それが私の仕事だ。そこから自分のエゴをどかすことだ。だから私は完璧なこと、完璧な音を見つけなければならない。というのは、私にとってすべてのタイポグラフィとかそういったものは音楽的表記だから。だから私は完璧に描写するための的確な言葉、言い回し、音節、句読点のつけ方を見つけなければならない——どうなっているかというと、もし誰かが私のやろうとしていることをやっていて完璧にうまくいかなければ、バカにしか見えない。私は野蛮人と呼ばれているし、（笑う）文盲だと言われているんだよ、この国では。

リード　本当ですか？

セルビー　いいや私は文盲じゃない。まさかね。

リード　ちがいます、ちがいます——ああそうではなくて。そんな意味で言ったんではなくて。私が言いたいのは——。

セルビー　ああ。

リード　いや、ごめんなさい。

セルビー　とんでもない。あなたが私を侮辱しているなんて思ってないよ。自分のことをどう思っているかと聞かれたと思ったものだから。

リード　ちがいます、ちがいます。そうではなくて、いまだに攻撃されているってことが本当ですかという意味でした。

セルビー　連中は気にかけない。例えば、6年前に1年間福祉援助金を受けていたんだが。息子と私で。私は何度も何度も助成金や奨励金を申しこんだのに——いつも貰えなかった。去年もまたNEAからはねられた。

リード　あなたの持っている作品の質でもだめだった？

セルビー　この国では私は忌み嫌われている。読者が私を嫌いだと言っているのではない。しかし、既成の文壇社会は私を見れば推して知るべし、だ。それが、私がヨーロッパへ是が非でも行きたかった理由の一つだよ。ヨーロッパでは私を尊敬してくれる。

リード　ヨーロッパの人たちが、できるだけ自分なりに現実に即したアメリカの姿を描こうとする人たちを追い求めるように思えるのは興味があるな。かれらはヨーロッパではほるかに真剣に受けとめられているけど、ここではみんなそれを聞きたがらない。

セルビー　預言者は名誉をもって迎えられる、自分自身の国以外では。誰もが守る何かを持っているようにみえる。そして誰もがこわいから働いているんだよ。文字通りじゃないな、誰もがと言うのは。しかし、ほとんどの人たちがこわさから働いている。

リード　なかには怒りにつき動かされている人もいる。

セルビー　そうだな。でも、根底にあるのは恐怖だ。恐怖は効果を発揮するための形式を必要とするし、怒りは一般的に行きわたっている。（笑う）あれやこれやで。

リード　恐怖や怒りはあなた自身や『最終出口』を書いたことにも当てはまりますか？

セルビー　もちろん絶対に。ある分野である原理が真実だとしたら、すべての分野でそれは真実だ。すべてのもの、すべての人にとってそれは真実でなければならない。

リード　だから、私は聞いたんです。

セルビー　そう。

リード　どの形をとったんですか？

セルビー　そうだな、自己憐憫。自己憐憫と言っておく。私にとって自己憐憫は怒りになり激怒になり、という具合だ。私が書いているものは、その——その怒りから発していると私は思った。それから映画のせいでいろいろなことを見てきて、この人達に起こったことへの自分自身の反応を見たし、1964年の自分自身からの引用を読んだ。最近、その中の一つを読んだ。我々が自分たちのことを本当に知らないってことを私に再認識させてくれたよ。私は自分がただ怒っているだけだと思ったのだが、愛が満たされないために自分が闘い、さぐりつつ、心で泣いていたのが、今になってよくわかる——しかし、私は——自分があれに接触することは許せなかった。同情は私の意識の中で自己憐憫に圧倒されたし、自分が自分のためやかれらのために泣いていることを知らなかった。なぜなら私は単にそこに止って自分の身に起こったことを嘆く方法を見つけることが出来なかった。それが間違った方向に導かれて恐怖と自己憐憫となり、それが怒りとなって出てきた。つまり、どうしていいのかわからなかった——嘆き方も知らなかったし。「キャビーよ、つらい人生だったな。ひどい目に会いっぱなしだなぁ。さぁ、これからどうしようか」なんて、あっさり言えなかった。自分がいつも天国と地獄の猟犬たちの戦場であるような気分だった。わかるだろう？　まるで口を探し求める叫びのような——

リード　（笑う）

セルビー　わかるかい？

リード　口を探し求める叫び。

セルビー　それは私だった。

鐘

鐘

そして　女優たちは
帰りの遅い男優と通じ合っている
芝居がはねたあと
客はみんな
街灯の下　路上に散っていった
この美しいショーの中のショーに
どんなショーもかなわない
ブロードウェイだけが知っている
〝白い大銀河〟
それは何かを訴えていた
体をつなぎとめるものもなく
宙を舞い
膝から地面に落ちた時
パラシュートなしで公演するのは
あまりかっこ良いものではなかった.
彼は壁から突き出した桟に立ち
遠くを見つめ小川を見たと思った――

これは70年後半にドイツでレコーディングしていたときにアイデアが浮かんだ曲。私はバイノーラルとか360度サウンドと呼ばれるもので実験中だった。私たちは歌詞無しの楽器だけの美しいトラックを持っていた。マイクに向かって私はいつのまにかこの歌詞を歌っていた。今でも変わらずに特に好きな歌だ。

そして彼は叫んだ「ほら！　鐘だよ！」
彼は歌いあげた「鐘の音が聞こえる！」
「鐘の音が聞こえる！」
「鐘の音が聞こえる！」

THE LYRICS (1965-1990)

I'LL BE YOUR MIRROR

I'll be your mirror, reflect what you are
In case you don't know
I'll be the wind, the rain, and the sunset
The light on your door
To show that you're home

When you think the night has seen your mind
that inside you're twisted and unkind
Let me stand to show that you are blind
Please put down your hands
'cause I see you

I find it hard
to believe you don't know
The beauty you are
But if you don't,
let me be your eyes
A hand to your darkness
So you won't be afraid

When you think the night has seen your mind
that inside you're twisted and unkind
Let me stand to show that you are blind
Please put down your hands
'cause I see you

I'll be your mirror

I'M WAITING FOR THE MAN

I'm waiting for my man
Twenty-six dollars in my hand
Up to Lexington 1-2-5
Feeling sick and dirty more dead than alive
I'm waiting for my man

Hey white boy, what you doin' uptown
Hey white boy, you chasin' our women around
Oh pardon me sir, it's furthest from my mind
I'm just lookin' for a dear dear friend of mine
I'm waiting for my man

Here he comes, he's all dressed in black
PR shoes and a big straw hat
He's never early, he's always late
First thing you learn is that you always gotta wait
I'm waiting for my man

Up to a brownstone, up three flights of stairs
Everybody's pinned you but nobody cares
He's got the works gives you sweet taste
Then you gotta split because he's got no time to waste
I'm waiting for my man

Baby don't you holler, darlin' don't you ball and shout
I'm feeling good, you know I'm gonna work it on out
I'm feeling good, I'm feeling oh so fine
Until tomorrow but that's just some other time
I'm waiting for my man

HEROIN

I don't know just where I'm going
But I'm going to try for the kingdom if I can
'Cause it makes me feel like I'm a man
When I put a spike into my vein
Then I tell you things aren't quite the same
When I'm rushing on my run
And I feel just like Jesus' son
And I guess that I just don't know
and I guess that I just don't know

I have made a big decision
I'm gonna try to nullify my life
'Cause when the blood begins to flow
When it shoots up the dropper's neck
When I'm closing in on death
You can't help me, not you guys
or all you girls with your sweet silly talk
You can all go take a walk
And I guess that I just don't know
and I guess that I just don't know

I wish that I was born a thousand years ago
I wish that I'd sailed the darkened seas
On a great big clipper ship
Going from this land here to that
Put on a sailor's suit and cap
Away from the big city
Where a man cannot be free
Of all the evils of this town
And of himself and those around
And I guess that I just don't know
and I guess that I just don't know

Heroin, be the death of me
Heroin, it's my wife and it's my life
Because a mainer to my vein
Leads to a center in my head
And then I'm better off than dead
'Cause when the smack begins to flow
I really don't care anymore
About all you Jim-Jims in this town
And all the politicians making crazy sounds
And everybody putting everybody else down
And all the dead bodies piled up in mounds

'Cause when that heroin is in my blood
and that blood is in my head
Thank God I'm as good as dead
Thank your God that I'm not aware
and Thank God that I just don't care
And I guess that I just don't know
and I guess that I just don't know

BLACK ANGEL'S DEATH SONG

The myriad choices of his fate
set themselves out upon a plate
for him to choose what had he to lose
Not a ghost bloodied country all covered with sleep
where the black angel did weep
not an old city street in the east
gone to choose

And wandering's brother walked on through the night
with his hair
in his face
long a long splintered cut from a knife of G.T.

The Rally Man's patter ran on through the dawn
until we said so long to his skull
Shrill yell

Shining brightly, red rimmed and red lined with the time
effused with the choice of the mind on ice skates scraping chunks
from the bells

Cut mouths bleeding razors forget in the pain
antiseptic remains coo goodbye
so you fly
to the cozy brown snow of the east
Gone to choose, choose again

Sacrificial remain make it hard to forget
where you come from
the stools of your eyes serve to realize pain
choose again

Roberman's refrain of the sacrilege recluse
for the loss of a horse
went the bowels in the tail of a rat
Come again, choose to go

And if epiphanies terror reduced you to shame
Have your head bobbed and weaved
Choose a side
to be on

If the stone glances off split didactics in two
Lay the colour of mouse trail's all's green try between
If you choose
If you choose
Try to lose
For the loss of remains come and start
start the game
I Chi Chi
Chi Chi I
Chi Chi Chi
Ka Ta Ko
Choose to choose
choose to lose
Choose to Go

VENUS IN FURS

Shiny, shiny, shiny boots of leather
Whiplash girlchild in the dark
Comes in bells your servant, don't forsake him
Strike dear mistress and cure his heart

Downy sins of streetlight fancies
Chase the costumes she shall wear
Ermine furs adorn imperious
Severin, Severin awaits you there

I am tired, I am weary
I could sleep for a thousand years
A thousand dreams that would awake me
Different colors made of tears

Kiss the boot of shiny shiny leather
Shiny leather in the dark
Tongue the thongs, the belt that does await you
Strike dear mistress and cure his heart

Severin, Severin, speak so slightly
Severin, down on your bended knees
Taste the whip, in love not given lightly
Taste the whip, now bleed for me

Shiny, shiny, shiny boots of leather
Whiplash girlchild in the dark
Severin, your servant, comes in bells, please don't forsake him
Strike, dear mistress and cure his heart

ALL TOMORROW'S PARTIES

And what costume shall the poor girl wear
To all tomorrow's parties
A hand-me-down dress from who knows where
To all tomorrow's parties
And where will she go, and what shall she do
When midnight comes around
She'll turn once more to Sunday's clown
and cry behind the door

And what costume shall the poor girl wear
To all tomorrow's parties
Why silks and linens of yesterday's gowns
To all tomorrow's parties
And what will she do with Thursday's rags
When Monday comes around
She'll turn once more to Sunday's clown and cry behind the door

And what costume shall the poor girl wear
To all tomorrow's parties
For Thursday's child is Sunday's clown
For whom none will go mourning

A blackened shroud
A hand-me-down gown
Of rags and silks—a costume
Fit for one who sits and cries
For all tomorrow's parties

LADY GODIVA'S OPERATION

Lady Godiva here dressed so demurely
Pats the head of another curly hair boy, just another toy
Sick with silence she weeps sincerely
saying words that have oh so clearly been said
so long ago

Draperies wrapped gently 'round her shoulder
Life has made her that much bolder now
that she's found out how

Dressed in silk, latin, lace and envy
Pride and joy of the latest penny faire
pretty passing care

Hair today now dipped in the water
Making love to every poor daughter's son
isn't it fun

Now today propping grace with envy
Lady Godiva peers to see if anyone's there
and hasn't a care

Doctor is coming the nurse thinks SWEETLY
turning on the machines that NEATLY pump air
the body lies bare
Shaved and hairless what once was SCREAMING
now lies silent and almost SLEEPING
the brain must have gone away

Strapped securely to the white table
ether caused the body to wither and writhe

underneath the white light

Doctor arrives with knife and baggage
sees the growth as just so much cabbage
that now
must be cut away

Now comes the moment of Great! Great! Decision!
The doctor is making his first incision!
One goes here—one goes there

The ether tubes leaking says someone who's sloppy
Patient it seems is not so well sleeping
The screams echo up the hall
Don't panic someone give him pentathol instantly
Doctor removes his blade
cagily so from the brain
By my count of ten—
the head won't move

THE GIFT

Waldo Jeffers had reached his limit. It was now mid-August, which meant he had been separated from Marsha for more than two months. Two months, and all he had to show were three dog-eared letters and two very expensive long-distance phone calls. True, when school had ended and she'd returned to Wisconsin and he to Locust, Pennsylvania, she had sworn to maintain a certain fidelity. She would date occasionally, but merely as amusement. She would remain faithful.

But lately, Waldo had begun to worry. He had trouble sleeping at night, and when he did, he had horrible dreams. He lay awake at night, tossing and turning underneath his pleated quilt protector, tears welling in his eyes as he pictured Marsha, her sworn vows overcome by liquor and the smooth soothing of some Neanderthal, finally submitting to the final caresses of sexual oblivion. It was more than the human mind could bear.

Visions of Marsha's faithlessness haunted him. Daytime fantasies of sexual abandon permeated his thoughts, and the thing was, they wouldn't understand how she really was. He, Waldo, alone understood this. He had intuitively grasped every nook and cranny of her psyche. He had made her smile—she needed him, and he wasn't there. (Ahh. . . .)

The idea came to him on the Thursday before the Mummers' parade was scheduled to appear. He'd just finished mowing and edging the Edisons' lawn for a dollar fifty and then checked the mailbox to see if there was at least a word from Marsha. There was nothing but a circular from the Amalgamated Aluminum Company of America inquiring into his awning needs. At least they cared enough to write. It was a New York company. You could go anywhere in the mails.

Then it struck him. He didn't have enough money to go to Wisconsin in the accepted fashion, true, but why not mail himself? It was absurdly simple. He would ship himself, parcel-post special delivery. The next day Waldo went to the supermarket to purchase the necessary equipment. He bought masking tape, a staple-gun, and a medium-sized cardboard box, just right for a person of his build. He judged that with a minimum of jostling, he could ride quite comfortably. A few airholes, some water, perhaps some midnight snacks, and it would probably be as good as going tourist.

By Friday afternoon, Waldo was set. He was thoroughly packed and the post office had agreed to pick him up at three o'clock. He had marked the package "fragile" and as he sat curled up inside, resting on the foam-rubber cushioning he'd thoughtfully included, he tried to picture the look of awe and happiness on Marsha's face, as she opened her door, saw the package, tipped the deliverer, and then opened it to see her Waldo finally there in person. She would kiss him, and then maybe they could see a movie. If he'd only thought of this before. Suddenly, rough hands gripped his package, and he found himself borne up. He landed with a thud in a truck and was off.

Marsha Bronson had just finished setting her hair. It had been a very rough weekend. She had to remember not to drink like that. Bill had been nice about it, though. After it was over, he'd said he still respected her, and after all it was certainly the way of nature, and even though, no, he did not love her, he did feel an affection for her.

And after all, they were grown adults. Oh, what Bill could teach Waldo. But that seemed many years ago.

Sheila Klein, her very very best friend walked in through the porch screen door and into the kitchen.

"Oh God, it's absolutely maudlin outside."

"I know what you mean, I feel all icky." Marsha tightened the belt on her cotton robe with the silk outer edge. Sheila ran her finger over some salt grains on the kitchen table, licked her fingers and made a face.

"I'm supposed to be taking these salt pills, but"—she wrinkled her nose—"they make me feel like throwing up."

Marsha started to pat herself under the chin, an exercise she had seen on television. "God, don't even talk about that." She got up from the table and went to the sink, where she picked up a bottle of pink and blue vitamins. "Want one? Supposed to be better than steak," and then attempted to touch her knees.

"I don't think I'll ever touch a daiquiri again." She gave up and sat down, this time nearer the small table that supported the telephone. "Maybe Bill will call," she said to Sheila's glance. Sheila nibbled on her cuticle.

"After last night, I thought maybe you'd be through with him."

"I know what you mean. My god, he was like an octopus—hands all over the place!" she gestured raising her arms upward in defense. "The thing is, after a while you get tired of fighting with him you know, and after all I didn't really do anything Friday and Saturday, so I kind of owed it to him—you know what I mean." She started to scratch.

Sheila was giggling with her hand over her mouth. "I tell you, I felt the same way and even, after a while," here she bent forward in a whisper, "I wanted to." Now she was laughing very loudly.

It was at this point that Mr. Jameson, of the Clarence Darrow Post Office, rang the doorbell of the large stucco-covered frame house. When Marsha Bronson opened the door, he helped her carry the package in. He had his yellow and his green slips of paper signed, and left with a fifteen cent tip that Marsha had gotten out of her mother's small beige pocketbook in the den.

"What do you think it is?" Sheila asked.

Marsha stood with her arms folded behind her back. She stared at the brown cardboard carton that sat in the middle of the living-room. "I don't know."

Inside the package, Waldo quivered with excitement as he listened to the muffled voices. Sheila ran her fingernail over the masking tape that ran down the center of the carton. "Why don't you look at the return address and see who it's from."

Waldo felt his heart beating. He could feel the vibrating footsteps. It would be soon.

Marsha walked around the carton and read the ink-scratched label. "God, It's from Waldo!"

"That schmuck," said Sheila.

Waldo trembled with expectation.

"Well you might as well open it," said Sheila, and both of them tried to lift the stapled flap.

"Oaah" said Marsha groaning, "he must have nailed it shut." They tugged on the flap again. "My god, you need a power drill to get this thing open." They pulled again. "You can't get a grip." They both stood still breathing heavily. "Why don't you get a scissor," said Sheila. Marsha ran into the kitchen, but all she could find was a little sewing scissor. Then she remembered that her father kept a collection of tools in the basement. She ran downstairs, and when she came back up, she had a large sheet-metal cutter in her hand. "This is the best I could find." She was very out of breath. "Here, you do it, I think I'm gonna die." She sank into her large fluffy couch and exhaled noisily. Sheila tried to make a slit between the masking tape and the end of the carboard flap, but the blade was too big and there wasn't enough room. "Goddamn this thing," she said feeling very exasperated. Then, smiling, "I got an idea." "What?" said Marsha. "Just watch," said Sheila, touching her finger to her head.

Inside the package, Waldo was so transfixed with excitement that he could barely breathe. His skin felt prickly from the heat and he could feel his heart beating in his throat. It would be soon.

Sheila stood quite upright and walked around to the other side of the package. Then she sank down to her knees, grasped the cutter by both handles, took a deep breath, and plunged the long blade through the middle of the package, through the masking tape, through the cardboard, through the cushioning, and right through the center of Waldo Jeffers' head, which split slightly and caused little rhythmic arcs of red to pulsate gently in the morning sun.

CHELSEA GIRLS

Here's Room 506
It's enough to make you sick
Bridget's all wrapped in foil
You wonder if she can uncoil
Here they come now
See them run now
Here they come now
Chelsea Girls

Here's Room 115
Filled with S & M queens
Magic marker row
You wonder just high they go
Here's Pope dear Ondine
Rona's treated him so mean
She wants another scene
She wants to be a human being

Pepper she's having fun
She thinks she's some man's son
Her perfect love's don't last
Her future died in someone's past
Here they come
See them run now
Here they come now
Chelsea Girls

Dear Ingrid's found her lick
She's turned another trick

Her treats and times revolve
She's got problems to be solved

Poor Mary, she's uptight
She can't turn out her light
She rolled Susan in a ball
and now she can't see her at all

Dropout, she's in a fix
amphetamine has made her sick
white powder in the air
She's got no bones and can't be scared

Here comes Johnny Bore
He collapsed on the floor
They shot him up with milk
And when he died sold him for silk
Here they come now
See them run now
Here they come now
Chelsea Girls

SOME KINDA LOVE

Some kinds of love
Marguerita told Tom
Between thought and expression lies a lifetime
Situations arise because of the weather
and no kinds of love
are better than others

Some kinds of love
Marguerita told Tom
like a dirty French novel
the absurd courts the vulgar
and some kinds of love
the possibilities are endless
and for me to miss one
would seem to be groundless

I heard what you said
Marguerita heard Tom
And of course you're a bore
But at that you're not charmless
for a bore is a straight line
that finds a wealth in division
and some kinds of love
are mistaken for vision

Put jelly on your shoulder
Let us do what you fear most
That from which you recoil
but which still makes your eyes moist

Put jelly on your shoulder
lie down upon the carpet

between thought and expression
let us now kiss the culprit

I don't know just what it's all about
Put on your red pajamas and find out

CANDY SAYS

Candy says I've come to hate my body
and all that it requires in this world
Candy says I'd like to know completely
what others so discreetly talk about

Candy says I hate the quiet places
that cause the smallest taste of what will be
Candy says I hate the big decisions
that cause endless revisions in my mind

I'm gonna watch the blue birds fly over my shoulder
I'm gonna watch them pass me by
Maybe when I'm older
What do you think I'd see
If I could walk away from me

PALE BLUE EYES

Sometimes I feel so happy
Sometimes I feel so sad
Sometimes I feel so happy
But mostly you just make me mad
Baby you just make me mad
Linger on, your pale blue eyes
Linger on, your pale blue eyes

Thought of you as my mountain top
Thought of you as my peak
Thought of you as everything
I've had but couldn't keep
I've had but couldn't keep

If I could make the world as pure and strange as what I see
I'd put you in the mirror I put in front of me
I put in front of me

Skip a life completely, stuff it in a cup
She said money is like us in time
It lies but can't stand up
Down for you is up

It was good what we did yesterday
And I'd do it once again
The fact that you are married
Only proves you're my best friend
But it's truly, truly a sin
Linger on, your pale blue eyes
Linger on, your pale blue eyes

AFTERHOURS

If you close the door, the night could last forever
leave the sunshine out and say hello to never
All the people are dancing and they're having such fun
I wish it could happen to me
But if you close the door, I'd never have to see the day again

If you close the door, the night could last forever
Leave the wineglass out and drink a toast to never
Oh, someday I know someone will look into my eyes
and say hello—you're my very special one—
but if you close the door I'd never have to see the day again

Dark party bars
Shiny Cadillac cars
and the people on subways and trains
Looking gray in the rain
as they stand disarrayed
oh but people look well in the dark

And if you close the door the night could last forever
Leave the sunshine out and say hello to never
All the people are dancing and they're having such fun
I wish it could happen to me
'Cause if you close the door I'd never have to see the day again
I'd never have to see the day again

THE MURDER MYSTERY

A

candy screen wrappers of silkscreen fantastic, requiring memories, both lovely and guilt-free, lurid and lovely with twilight of ages, luscious and lovely and filthy with laughter, laconic giggles, ennui for the passions, in order to justify most spurious desires, rectify moments, most serious and urgent, to hail upon the face of most odious time, requiring replies most facile and vacuous, with words nearly singed, with the heartbeat of passions, spew forth with the grace of a tart going under, subject of great concern, noble origin

please raise the flag rosy red carpet envy english used here this messenger is nervous it's no fun at all out here in the hall

B

[denigrate obtuse and active verbs pronouns, skewer the sieve of the optical sewer, release the handle that holds all the gates up, puncture the eyeballs, that seep all the muck up, read all the books and the people worth reading and still see the muck on the sky of the ceiling]

[mister moonlight succulent smooth and gorgeous Isn't it nice? We're number one and so forth Isn't it sweet being unique?]

A

for screeching and yelling and
various offenses, lower the queen
and bend her over the tub, against
the state, the country, the
committee, hold her head under
the water please for an hour, for
groveling and spewing and
various offenses, puncture that
bloat with the wing of a sparrow,
the inverse, the obverse, the
converse, the reverse, the
sharpening wing of the edge of a
sparrow, for suitable reckonings
too numerous to mention, as the
queen is fat she is devoured by
rats, there is one way to skin a
cat or poison a rat it is hereto
four hear to three forthrightly
stated

B

[relent and obverse and inverse
and perverse and reverse the
inverse of perverse and reverse
and reverse and reverse and
reverse and reverse and chop it
and pluck it and cut it and spit it
and sew it to joy on the edge of a
cyclop and spinet it to rage on
the edge of a cylindrical minute]

put down that rag simpering,
callow and morose
who let you in?
if I knew, then I could get out
the murder you see
is a mystery to me

[dear Mister Muse
fellow of wit and gentry
medieval ruse
filling the shallow and
empty, fools that duel
duel in pools]

A

to Rembrandt and Oswald, to peanuts and ketchup, sanctimonious sycophants stir in the bushes, up to the stand with your foot on the bible as king I must order and constantly arouse, if you swear to catch up and throw up and up up, a king full of virgin and kiss me and spin it, excuse me to willow and wander dark wonders, divest me of robes-suture Harry and pig meat, the fate of a nation, rests hard on your bosoms, the king on his throne, puts his hand down his robe, the torture of inverse and silk screen and Harry, and set the tongue squealing the reverse and inverse

B

[tantalize poets with visions of grandeur, their faces turn blue with the reek of the compost, as the living try hard to retain what the dead lost, with double dead sickness from writing at what cost and business and business and reverse and reverse and set the brain reeling the inverse and perverse]

objections suffice
apelike and tactile bassoon
oboeing me
cordon the virus' section
off to the left
is what is not right

[English arcane
tantamount here to frenzy
passing for me
lascivious elder passion
corpulent filth
disguised as silk]

A

contempt, contempt, and contempt for the boredom, I shall poison the city and sink it with fire, for Cordless and Harry and Apepig and Scissor, the messenger's wig seems fraught with desire, for blueberry picnics, and pince-nez and magpies, the messenger's skirt, would you please hook it higher, for children and adults all those under 90, how truly disgusting! would you please put it down? a stray in this fray is no condom worth saving, as king I'm quite just, but it's just quite impossible, a robe and a robe and a robe and a bat, no double class inverse
could make lying worth dying

B

[with cheap simian melodies, hillbilly outgush, for illiterate ramblings for cheap understandings, for mass understanding the simple the inverse, the compost, the reverse, the obtuse and stupid, and business, and business, and cheap, stupid lyrics, and simple mass reverse while the real thing is dying]

A	B
accept the pig, enter the Owl and Gorgeous, King on the left, *it* on the right and primping adjusting his nose as he reads from his scroll	[folksy knockwurst peel back the skin of French and what do you find? follicles intertwining, succulent prose wrapped up in robes]
off with his head, take his head from his neck off, requiring memories both lovely and guilt- free, put out his eyes, then cut his nose off, sanctimonious sycophants stir in the bushes, scoop out his brain, put a string where his ears were, all the king's horses and all the king's men, swing the whole mess at the end of the wire, scratch out his eyes with the tip of a razor, let the wire extend from the tip of a rose, Caroline, Caroline, Caroline, Oh! but retain the remnants of what once was a nose, pass me my robe, fill my bath up with water	[jumpsuit and pig meat and making his fortune, while making them happy with the inverse and obverse and making them happy and making them happy with the coy and the stupid, just another dumb lackey, who puts out the one thing, while singing the other, but the real thing's alone and it is no man's brother]
no one knows no nose is good news and senseless extend the wine drink here toast to selfless 10 year old port is perfect in court	[safety is nice not an unwise word spoken scary, bad dreams made safe in lovely songs no doom or gloom allowed in this room]

A

Casbah and Cascade and Rosehip and Feeling, Cascade and Cyanide, Rachmaninoff, Beethoven-skull silly wagon and justice and perverse and reverse the inverse and inverse and inverse, blueberry catalog, questionable earnings, hustler's lament and the rest will in due cry, to battle and scramble and browbeat and hurt while chewing on minstrels and choking on dirt, disease please seems the order of the day, please the king, please the king, please the king day, Casbah and Cascade and Rosehip and Feeling, point of order return the king here to the ceiling

B

[oh, not to be whistled or studied or hummed or remembered at nights, when the I is alone, but to skewer and ravage and savage and split with the grace of a diamond, bellicose wit, to stun and to stagger with words as such stone, that those who do hear cannot again return home]

razzamatazz,
there's nothing on my shoulder, lust is a must, shaving my head's made me bolder, will you kindly read what it was I brought thee

[hello to Ray
hello to Godiva and Angel who let you in?
isn't it nice, the party?
aren't the lights pretty at night?]

A

sick leaf and sorrow and pincers net-scissors, regard and refrain from the daughters of marriage, regards for the elders and youngest in carriage, regard and regard for the inverse and perverse and obverse, and diverse, of reverse and reverse, regard from the sick, the dumb, and the camel from pump's storing water, like brain is too marrow to x-ray and filthy and cutting and peeling to skin and to skin and to bone and to structure to livid and pallid and turgid and structured and structured and structured and structured and structured and regard and refrain and regard and refrain, the sick, and the dumb, inverse, reverse and perverse

B

[contempt, contempt, and contempt for the seething, for writhing and reeling and two-bit reportage, for sick with the body and sinister holy, the drowned burst blue babies now dead on the seashore, the valorous horseman, who hang from the ceiling, the pig on the carpet, the dusty pale jissom, that has no effect for the sick with the see-saw, the inverse, obverse, converse, reverse of reverse the diverse and converse of reverse and perverse and sweet pyrotechnics, and let's have another of inverse, converse, diverse, perverse and reverse, hell's graveyard is damned as they chew on their brains, the slick and the scum, reverse, inverse and perverse]

A

plowing while it's done away
dumb and ready pig meat
sick upon the carpet
climb into the casket
safe within the parapet
sack is in the parapet
pigs are out and growling
slaughter by the seashore
see the lifeguard drowning
sea is full of fishes
fish's full of china
china plates are falling
all fall down
sick and shiny carpet
lie before my eyes eyes
lead me to the ceiling
walk upon the wall wall
tender as the green grass
drink the whisky horror
see the young girls dancing
flies upon the beaches
beaches are for sailors
nuns across the sea-wall
black hood horseman raging
swordsman eating fire

B

[sick upon the staircase
sick upon the carpet
blood upon the pillow
climb into the parapet
see the church bells gleaming
knife that scrapes a sick plate
dentures full of air holes
the tailor couldn't mend straight
shoot her full of air holes
climbing up the casket
take me to the casket
teeth upon her red throat
screw me in the daisies
rip apart her holler
snip the seas fantastic
treat her like a sailor
full and free and nervous
out to make his fortune
either this or that way
sickly or in good health
piss upon a building
like a dog in training
teach to heel or holler
yodel on a sing song
down upon the carpet]

A

fire on the carpet
set the house ablazing
seize and bring it flaming
gently to the ground ground
Dizzy Bell Miss Fortune
fat and full of love-juice
drip it on the carpet
down below the fire hose
weep and whisky fortune
sail me to the moon, dear
drunken dungeon sailors
headless Roman horsemen
the king and queen are empty
their heads are in the outhouse
fish upon the water
bowl upon the saviour
toothless wigged Laureate
plain and full of fancy
name upon a letterhead
impressing all wheatgerm
love you for a nickel
ball you for a quarter
set the casket flaming
do not go gentle blazing

B

[tickle polyester
sick within the parapet
screwing for a dollar
sucking on a fire-hose
chewing on a rubber line
tied to chairs and rare bits
pay another player
oh you're such a good lad
here's another dollar
tie him to the bedpost
sick with witches' covens
craving for a raw meat
bones upon the metal
sick upon the circle
down upon the carpet
down below the parapet
waiting for your bidding
pig upon the carpet
tumescent railroad
neuro-anaesthesia analog
ready for a good look
drooling at the birches
swinging from the birches
succulent Nebraska]

FERRYBOAT BILL

Ferryboat Bill, won't you please come home?
You know your wife has married a midget's son
And that's the short and long of it

THAT'S THE STORY OF MY LIFE

That's the story of my life
That's the difference between wrong and right
But Billy said, both those words are dead
That's the story of my life

ROCK 'N' ROLL

Jenny said when she was just five years old
There was nothing happenin' at all
Every time she puts on a radio
There was nothin' goin' down at all
Then one fine mornin' she puts on a New York station
She couldn't believe what she heard at all
She started dancin' to that fine fine music
You know her life was saved by rock 'n' roll
Despite all the amputations you could just
Dance to a rock 'n' roll station

Jenny said when she was just five years old
My parents are gonna be the death of us all
Two TV sets and two Cadillac cars—
Ain't gonna help me at all
Then one fine mornin' she puts on a New York station
She don't believe what she heard at all
She started dancin' to that fine fine music
You know her life was saved by rock 'n' roll
Despite all the computations
You could just dance to a rock 'n' roll station

And it was alright

SWEET JANE

Standin' on the corner
Suitcase in my hand
Jack is in his corset, Jane is in her vest
and me, I'm in a rock 'n' roll band
Ridin' in a Stutz Bear Cat, Jim
You know those were different times
All the poets they studied rules of verse
and those ladies they rolled their eyes

Jack he is a banker
and Jane, she is a clerk
and both of them save their monies
and when they come home from work
Sittin' down by the fire
The radio does play
The March of the Wooden Soldiers
and you can hear Jack say

Some people they like to go out dancin'
and other people they have to work
And there's even some evil mothers
Well there gonna tell you that everything is just dirt
You know that women never really faint
and that villains always blink their eyes
that children are the only ones who blush
and that life is just to die
But anyone who ever had a heart
They wouldn't turn around and break it
And anyone whoever played a part
They wouldn't turn around and hate it
Sweet Jane, Sweet Sweet Jane

N. Y. TELEPHONE CONVERSATION

I was sleeping gently napping when I heard the phone
Who is on the other end talking
Am I even home
Did you see what she did to him
Did you hear what they said
Just a New York conversation rattling in my head

Oh oh my, and what shall we wear
oh oh my, and who really cares

Just a New York conversation
Gossip all of the time
Did you hear who did what to whom
happens all the time
Who has touched and who has dabbled
here in the city of shows
Openings, closings, bad repartee
Everybody knows

Oh how sad, and why do we call
Oh I'm glad, to hear from you all

I am calling
Yes I'm calling
Just to speak to you
For I know this night will kill me
If I can't be with you
If-I-can't-be-with-you

WALK ON THE WILD SIDE

Holly came from Miami F-L-A
Hitchhiked her way across the U.S.A.
Plucked her eyebrows along the way
Shaved her legs and then he was a she
She says, Hey babe, take a walk on the wild side

Candy came from out on the Island
in the backroom she was everybody's darling
but she never lost her head even when she was giving head—
(the colored girls go
Doo do doo do doo)

Little Joe never once gave it away
Everybody had to pay and pay
A hustle here and a hustle there
New York City is the place where they say
Hey babe, take a walk on the wild side

The Sugar Plum Fairy came and he hit the streets
Lookin' for soul food and a place to eat
Went to the Apollo
You should've seen 'em go go go

Jackie is just speeding away
Thought she was James Dean for a day

Then I guess she had to crash
Valium would have helped that bash

Hey take a walk on the wild side
And the colored girls go doo do doo do doo

ANDY'S CHEST

If I could be anything in the world that flew
I would be a bat and come swooping after you
And if the last time you were here things were a bit askew
Well, you know what happens after dark
When rattlesnakes lose their skins and their hearts
And all the missionaries lose their bark
Oh, all the trees are calling after you
And all the venom snipers after you
Are all the mountains bolder after you?

If I could be anyone of the things in this world that bite
Instead of an ocelot on a leash, I'd rather be a kite
And be tied to the end of your string
and flying in the air, babe, at night
Cause you know what they say about honey bears
when you shave off all their baby hair
You have a hairy minded pink bare bear

And all the balls are rolling out for you
And stones are all erupting out for you
And all the cheap bloodsuckers are flying after you

Yesterday, Daisy Mae and Biff were grooving on the street
And just like in a movie her hands became her feet
Her belly button was her mouth
which meant she tasted what she'd speak

But the funny thing is what happened to her nose
It grew until it reached all of her toes
Now when people say her feet smell they mean her nose.

And curtains laced with diamonds dear for you
And all the Roman Noblemen for you

And kingdom's Christian Soldiers dear for you
And melting ice cap mountain tops for you
And knights in flaming silver robes for you
And bats that with a kiss turn prince for you
Swoop Swoop
oh baby, Rock Rock
Swoop Swoop
Rock Rock

MEN OF GOOD FORTUNE

Men of good fortune, often cause empires to fall
While men of poor beginnings, often can't do anything at all
The rich son waits for his father to die
The poor just drink and cry
And me, I just don't care at all

Men of good fortune, very often can't do a thing
While men of poor beginnings, often can do anything
At heart they try to act like a man
Handle things the best way they can
They have no rich daddy to fall back on

Men of good fortune, often cause empires to fall
while men of poor beginnings often can't do anything at all
It takes money to make money they say
Look at the Fords, didn't they start that way
Anyway, it makes no difference to me

Men of good fortune, often wish that they could die
While men of poor beginnings want what *they* have
And to get it they'll die
All those great things that life has to give
They want to have money and live
But me, I just don't care at all
about men of good fortune, men of poor beginnings

THE BED

This is the place where she lay her head
When she went to bed at night
And this is the place where our children were conceived
Candles lit the room at night

And this is the place where she cut her wrists
That odd and fateful night
And I said, oh, what a feeling

This is the place where we used to live
I paid for it with love and blood
And these are the boxes that she kept on the shelf
Filled with her poetry and stuff

And this is the room where she took the razor
And cut her wrists that strange and fateful night

I never would have started if I'd known
That it'd end this way
But funny thing I'm not at all sad
That it stopped this way

This is the place where she lay her head
when she went to bed at night
And this is the place our children were conceived
Candles lit the room brightly at night
And this is the place where she cut her wrists
That odd and fateful night
and I said, oh, oh, oh, oh, oh, oh, oh, what a feeling
I said oh—what a feeling

THE KIDS

They're taking her children away
Because they said she was not a good mother
They're taking her children away
Because she was making it with sisters and brothers
and everyone else, all of the others
Like cheap officers who would stand there and
Flirt in front of me

They're taking her children away
Because they said she was not a good mother
They're taking her children away
Because of the things that they heard she had done
The black Air Force sergeant was not the first one
And all of the drugs she took, every one, every one

And I am the Water Boy
the real game's not over here
But my heart is overflowing anyway
I'm just a tired man, no words to say . . .
But since she lost her daughter
It's her eyes that fill with water
and me, I am much happier this way

They're taking her children away
Because they said she was not a good mother

They're taking her children away
Because number one was the girlfriend from Paris
The things that they did they didn't have to ask us
And then the Welshman from India, who came here to stay

They're taking her children away
because they said she was not a good mother

They're taking her children away
Because of the things she did in the streets
In the alleys and bars, no she couldn't be beat
That miserable rotten slut couldn't turn anyone away

CAROLINE SAYS II

Caroline says, as she gets up off the floor
Why is it that you beat me, it isn't any fun
Caroline says, as she makes up her eye
You ought to learn more about yourself, think more than just I

She's not afraid to die
All of her friends call her Alaska
When she takes speed, they laugh and ask her
What-is-in-her-mind
What-is-in-your-mind

Caroline says—as she gets up from the floor
You can hit me all you want to, but I don't love you anymore
Caroline says, while biting her lip
Life is meant to be more than this—and this is a bum trip

She put her fist through the window pane
It was such a funny feeling

It's so cold in Alaska

SAD SONG

Staring at my picture book
She looks like Mary, Queen of Scots
She seemed very regal to me
Just goes to show you how wrong you can be
I'm gonna stop wasting my time
Somebody else would have broken both of her arms

My castle, kids and home
I thought she was Mary, Queen of Scots
I tried so very hard
Shows just how wrong you can be

I'm gonna stop wasting my time
Somebody else would have broken both of her arms

HOW DO YOU THINK IT FEELS

How do you think it feels
When you're speeding and lonely
How do you think it feels
When all you can say is if only
If only I had a little
If only I had some change
If only, if only, if only
How do you think it feels
and when do you think it stops

How do you think it feels
When you've been up for five days
Hunting around always, cause you're afraid of sleeping

How do you think it feels
To feel like a wolf and foxy
How do you think it feels
To always make love by proxy

How do you think it feels
And when do you think it stops!
When do you think it stops!

KICKS

Hey man, what's your style
How you get your kicks for livin'
Hey man, what's your style
How you get your adrenaline flowin' now now
When you cut that dude with that stiletto, man, you
You did it so, ah, crudely
When the blood come-a-down his chest
Don't you know it was a better than sex
now, now, now
It was-a-way-a better than gettin' laid—cause it's the
final thing to do,
Get somebody to, uh, come on to you
then you just
get somebody to now now come on to you and then
you kill them,
you kill them

'Cause I need kicks
Hey baby, I need some kicks, now
I'm gettin really bored, I need a need a need a some kicks

KILL YOUR SONS

All your two bit psychiatrists are giving you electric shock
They said they'd let you live at home with mom and dad
Instead of mental hospitals
But every time you tried to read a book you couldn't
get to page seventeen
'cause you forgot where you were
So you couldn't even read

Mom informed me on the phone she didn't know what to do
about dad
He took an axe and broke the table aren't you glad you're
married
And sister she got married on Long Island
And her husband takes the train
He's big and he's fat—he doesn't have a brain

Creedmore treated me very good
but Payne Whitney was even better
And when I flipped out on PHC
I was so sad—I didn't even get a letter

All the drugs that we took, it really was a lot of fun
But when they shoot you up with thorazine on crystal smoke
You choke like a son of a gun

Don't you know?
They're gonna kill your sons

THE SLIDE

I've got nothing about gay guys
But, faggots, just like a cunt.
Years ago, wherever we would spot them,
Handles down, Alabama, small town
We'd take the ha, ha, so ha, I, he'd
Do the slide
Do the slide
Baby, you'd better slide.

Now they got their own baths, yay,
With entertainers, and shit
From the opera. Man.
Famous names, man,
Big ones.
But we know what they do
It's not the same thing.
It's guys like me, who, who, do, do, who
Hate them, beat them, Do, Do.
Want to beat them. Do.

They want to beat them
They want a young suck off
Show them that they wanna, Bang! go,
Take a *slide.*

Man, you better, you understand
What I'm saying, DECIDE

I only let a lady
Put a needle in my arm.
It's too intimate for cats.
Like sex with a rag on.

When she does it without a tie, hey,
She's one of the guys. Man.
She don't have to Slide. Who.
Except for the big ones. Do.

SINCE HALF THE WORLD IS H_2O

Having disregarded exhortations to join the
NAVY
We learn to swim.
Those who do not swim,
Learn to sail,
Or more bizarrely,
Water ski.
Others, who had not even conceived of water,
Oh they wish for dry land.
But as the continents are defined by the sea,
This is never wholly possible.

TEMPORARY THING

Hey now bitch, now baby you'd better
You'd better get outta here quick
Maybe you was getting, ah too rich
It ain't like we ain't never seen this thing before
And if it turns you around
then you'd better hit the door
But I know—it's just a temporary thing

You read too many books, you seen too many plays
and if things like this turn you away
Now look, hey look you'd better think about it twice
I know that your good breeding makes it seem—not so nice—but
uh huh, it's just a temporary thing

Where's the number, where's a dime and where's the phone
I feel like a stranger, I guess you're gonna go back home
Your mother, your father, your fucking brother
I guess they wouldn't agree with me
but I don't give two shits
they're no better than me
I know
it's just a temporary thing

VICIOUS CIRCLE

You're caught in a vicious circle
Surrounded by your so-called friend
You're caught in a vicious circle
and it looks like it will never end
Cause some people think that they like problems
and some people think that they don't
and for everybody who says yes
there's somebody whose starin' sayin' don't

You're caught in a vicious circle
surrounded by your so-called friend
you're caught in a vicious circle
and it looks like it will just never end
Cause some people think that it's nerves
and some people think that it's not
and some people think that it's the things that you do
and others think that you were cold when you were hot
They think that that's what it was all about

DIRT

It's been a long time since I've spoken to you
Was it the right time?
Your current troubles and you know they'll get much worse
I hope you know how much I enjoyed them
You're a pig of a person, there's a justice in this world
Hey, how about that?
Your lack of conscience and your lack of morality
Well, more and more people know all about it

We sat around the other night, me and the guys,
trying to find the right word
That would best fit and describe
you and people like you
That no principle has touched no principles baptized
How about that?
Who'd eat shit and say it tasted good
if there was some money in it for him
Hey, you remember that song by this guy from Texas whose name
was Bobby Fuller?
I'll sing it for you it went like this:
I fought the law and the law won—
I fought the law and the law won

You're just dirt

I WANNA BE BLACK

I wanna be black
Have natural rhythm
Shoot twenty feet of jism, too
and fuck up the Jews
I wanna be black
I wanna be a Panther
Have a girlfriend named Samantha
And have a stable of foxy whores
Oh I wanna be black
I don't wanna be a fucked up, middle class, college student
anymore
I just want to have a stable of foxy little whores
Yeah, yeah I wanna be black

I wanna be black
I wanna be like Martin Luther King
and get myself shot in spring
And lead a whole generation too
And fuck up the Jews

I wanna be black, I wanna be like Malcolm X
and cast a hex over President Kennedy's tomb
And have a big prick, too

I don't wanna be a fucked up, middle class, college student
anymore

I just wanna have a stable of foxy little whores
Yeah, yeah I wanna be black

STREET HASSLE
WALTZING MATILDA

PART I

Waltzing Matilda whipped out her wallet
the sexy boy smiled in dismay
She took out four twenties 'cause she liked round figures
Everybody's a queen for a day
Oh babe, I'm on fire and you know how I admire your body
why don't we slip away
Although I'm sure you're certain it's a rarity me flirtin'
sha-la-la-la this way
Oh sha-la-la-la-la, sha-la-la-la-la
Hey babe, come on let's slipaway

Luscious and gorgeous, oh what a hunk of muscle
call out the national guard
She creamed in her jeans as he picked up her means
from off of the formica topped bar
and cascading slowly, he lifted her wholly
and boldly out of this world
And despite people's derision she
proved to be more than a diversion and sha-la-la-la later on—
sha-la-la-la he entered her slowly and showed her where he was
coming from
and then sha-la-la-la he made love to her gently it was like
she'd never ever come
And then sha-la-la-la-la sha-la-la-la-la
when the sun rose and he made to leave
you know sha-la-la-la-la sha-la-la-la-la
neither one regretted a thing

STREET HASSLE
STREET HASSLE

PART II

Hey that cunt's not breathing, I think she's had too much
of something or other, you know what I mean?
I don't mean to scare you, but you're the one who came here and
you're the one who's got to take her when you leave
I'm not being smart or trying to be cold on my part and I'm not
gonna wear my heart on my sleeve
But you know, people get all emotional and sometimes, man
They don't act rational
They think they're on TV
Sha-la-la-la man—why don't you just slip away

You know I'm glad that we met man
It really was nice talking and I really wish that there was a
little more time to speak
But you know it could be a hassle trying to explain myself to a
police officer about how it was your old lady got herself stiffed
And it's not like we could help her, there was nothing no one
could do, and if there was man
you know I would have been the first
But when someone turns that blue, it's a universal truth
you just know that bitch will never fuck again
By the way, that's really some bad shit
that you came down to our place with
you ought to be more careful
around the little girls

It's either the best or it's the worst
and since I don't have to choose, I guess I won't
and I know this ain't no way to treat a guest
But why don't you grab your old lady by the feet

and just lay her out on the darkened street and by morning
she's just another hit-and-run

You know some people got no choice
they can't even find a voice
to talk with—
that they can call their own
So the first thing that they see
that allows them the right to be
why they follow it,
you know what that's called—

Bad Luck

CITY LIGHTS

Don't these city lights light these streets to life
Don't these crazy nights bring us together
Any rainy day, you can dance your blues away
Don't these city lights bring us together

Charlie Chaplin's cane, well it flicked away the rain
Things weren't quite the same, after he came here
But then when he left, upon our own request
Things weren't quite the same, after he left here

We're supposed to be
a land of liberty
and those city lights to blaze forever
But that little tramp, leaning on that street corner lamp
When he left us, his humor left us forever

Don't these city lights bring these streets to life
Don't these crazy nights bring us together
Any rainy day, you can dance your blues away
Don't these city lights bring us together

FAMILIES

Mama, you tell me how's the family
and mama, tell me how's things going by you
and little baby sister, I heard that you got married
and I heard that you had yourself a little baby girl, too
and here's some uncles and some cousins I know vaguely
and would you believe my old dog Chelsy's there, too
and would you believe nobody in this family wanted to keep her
and now that dog's more a part of this family than I am
and I don't come home much anymore
No I don't come home much anymore

and mama, I know how disappointed you are
and papa, I know that you feel the same way too
and no, I still haven't got married
and no, there's no grandson
planned here for you
and by the way daddy, tell me how's the business
I understand that your stock it's growing very high
no daddy, you're not a poor man anymore
and I hope you realize it
before you die

Please, come on let's not start this business again
I know how much you resent the life that I have

but one more time I don't want the family business
don't want to inherit it upon the day that you die
Really dad, you should have given it to my sister
you know, Elizabeth, you know Elizabeth
she has a better head for those things than I

She lives practically around the corner

that's really the kind of child you could be proud of

But papa, I know this visit's a mistake
there's nothing here we have in common except our name
and families that live out in the suburbs
often make each other cry

and I don't think that I'll come home much anymore
No, no I don't think that I'll come home again

MY OLD MAN

When I was a young boy in Brooklyn going to public school
During recess in the concrete playground they lined us up by
twos
In alphabetical order, Reagan, Reed, and Russo
I still remember the names
And stickball and stoopball
Were the only games that we played
And I wanted to be like my old man
and I wanted to grow up to be like my old man
I wanted to dress like, I wanted to be just like
I wanted to act like my old man

And then like everyone else I started to grow
And I didn't want to be like my father anymore
I was sick of his bullying
And having to hide under a desk on the floor
And when he beat my mother, it made me so mad I could choke
And I didn't want to be like my old man
I didn't even want to look like my old man
I didn't even want to seem like my old man

A son watches his father, being cruel to his mother
And makes a vow to return only when
He is so much richer, in every way so much bigger
That the old man will never hit anyone again.

And can you believe what he said to me
He said, Lou, act like a man

STANDING ON CEREMONY

Remember your manners
Will you please take your hat off
Your mother is dying
Listen to her cough

We were always standing on ceremony
We were always standing on ceremony

Can't you show some respect please
Although you didn't in real life
Your mother is dying
And I god damn well hope you're satisfied

We were always standing on ceremony
We were always standing on ceremony

So please play another song on that jukebox
Please play another pretty sad song for me
And if that phone rings
Tell them that you haven't seen me
If that phone rings
Tell them you haven't seen me for weeks

LITTLE SISTER

You know it's hard for me
I can not use the phone
And in the shade of publicity no relationship is born
And I feel like a Hercules who's recently been shorn
but I have always loved my baby sister

Pick me up at eight
you'll see me on TV
I know I don't look well time's not been good to me
But please believe me
the blame is all on me
and I've always loved my baby sister

Remember when
we were younger when
you would wait for me at school
and teachers, friends and brazen sins
and I was often cruel
But you always believed in me
you thought I was the best
And now that I've got you alone let me get this off my chest

Pick a melody then count from one to ten
I'll make a rhyme up and then we'll try again
to laugh or cry, or give a sigh
to a past that might have been
and how much I really loved my baby sister

THINK IT OVER

Waking, he stared raptly at her face
On his lips, her smell, her taste
Black hair framing her perfect face
With her wonderful mind and her incredible grace
And so, he woke he woke her with a start
To offer her his heart
Once and for all, forever to keep
And the words that she first heard him speak
Were really very sweet
He was asking her to marry him, and to think it over
Baby think it over

She said somewhere there's a faraway place
where all is ordered and all is grace
No one there is ever disgraced
And everybody there is wise and everyone has taste
And then she sighed, well la-dee-dah-dee-dah
You and I have come quite far
And we really must watch what we say
because when you ask for someone's heart
You must know that you're smart
Smart enough to care for it
So I'm gonna think it over
Baby, I'm going to think it over

TEACH THE GIFTED CHILDREN

Teach the gifted children, teach them to have mercy
Teach them about sunsets, teach them about moonrise
Teach them about anger, the sin that comes with dawning
Teach them about flowers, the beauty of forgetfulness
Then take me to the river and put me in the water
Bless them and forgive them, Father cause they just don't know

All the gifted children, teach the gifted children
The ways of men and animals
Teach them about cities, the history of the mysteries
Their vices and their virtues
About branches that blow in the wind
Or the wages of their sins
Teach them of forgiveness, teach them about mercy
Teach them about music
and the cool and cleansing water
teach the gifted children
all the gifted children

THE POWER OF POSITIVE DRINKING

Some like wine and some like hops
But what I really love is my scotch
It's the power of positive drinking
Some people ruin their drinks with ice
And then, they ask you for advice
They tell you, I've never told anyone this before.
They say, Candy is dandy but liquor makes quipsters
And I don't like mixers, or sippers or sob sisters
You know, you have to be real careful
where you sit down in a bar these days
And then some people drink to unleash their libidos
and other people drink to prop up their egos
It's my burden, man
people say I have the kind of face you can trust

Some people say alcohol makes you less lucid
And I think that's true if you're kind of stupid
I'm not the kind that gets himself burned twice
And some say liquor kills the cells in your head
And for that matter so does getting out of bed
When I exit, I'll go out gracefully, shot in my hand

UNDERNEATH THE BOTTLE

Oooh Wheee, look at me
Looking for some sympathy
It's the same old story—of man and his search for glory
And he found it, there underneath the bottles
Things are never good
Things go from bad to weird
Hey gimme another scotch with my beer
I'm sad to say I feel the same today—as I always do
gimme a drink to relax me
Oooh Wheee, liquor set me free
I can't do no work, with these shakes inside me
Awww fuck, I got the lousiest luck
I'm sick of this, underneath the bottle
Seven days make a week, on two of them I sleep
I can't remember what the hell I was doin'
I got bruises on my leg from I can't remember when
I fell down some stairs I was lyin' underneath the bottle
Ooooh Wheee
Son of a B
You get so down you can't get any lower
So long world you play too rough
and it's getting me all mixed up
I lost my pride and it's hidin'
There—
underneath the bottle

WAVES OF FEAR

Waves of fear attack in the night
Waves of revulsion—sickening sights
My heart's nearly bursting
My chest's choking tight
Waves of fear, waves of fear

Waves of fear
Squat on the floor
Looking for some pill, the liquor is gone
Blood drips from my nose, I can barely breathe
Waves of fear I'm too scared to leave

I'm too afraid to use the phone
I'm too afraid to put the light on
I'm so afraid I've lost control
I'm suffocating without a word
Crazy with sweat, spittle on my jaw
What's that funny noise,
what's that on the floor
Waves of fear
Pulsing with death
I curse at my tremors
I jump at my own step
I cringe at my terror
I hate my own smell
I know where I must be
I must be in hell

Waves of fear
Waves of fear

THE GUN

The man has a gun
He knows how to use it
Nine millimeter Browning, let's see what he can do
He'll point it at your mouth
Say that he'll blow your brains out
Don't you mess with me
I'm carrying a gun
Carrying a gun
Carrying a gun
Don't you mess with me
Carrying a gun
Get over there
Move slowly
I'll put a hole in your face
If you even breathe a word
Tell the lady to lie down
I want you to be sure to see this
I wouldn't want you to miss a second
Watch your wife
Carrying a gun
Shooting with a gun
Dirty animal

Carrying a gun
Carrying a gun
Watch your face
Carrying a gun
Carrying a gun
Carrying a gun
The animal dies with fear in his eyes

With a gun
Don't touch him
Stay away from him
He's got a gun

THE DAY JOHN KENNEDY DIED

I dreamed I was president of these United States
I dreamed I replaced ignorance, stupidity and hate
I dreamed the perfect union and the perfect law, undenied
And most of all I dreamed I forgot the day John Kennedy died

I dreamed that I could do the job that others hadn't done
I dreamed that I was uncorrupt and fair to everyone
I dreamed I wasn't gross or base, a criminal on the take
And most of all I dreamed I forgot the day John Kennedy died

I remember where I was that day I was upstate in a bar
The team from the university was playing football on T.V.
Then the screen went dead and the announcer said
"There's been a tragedy, there are unconfirmed reports the
President's been shot, and he may be dead or dying."
Talking stopped, someone shouted, "What?!"
I ran out to the street
People were gathered everywhere saying did you hear what they
said on TV
and then a guy in a Porsche with his radio on
hit his horn and told us the news
He said, "The president's dead, he was shot twice in the head
in Dallas, and they don't know by whom."

I dreamed that I was president of these United States
I dreamed that I was young and smart and it was not a waste
I dreamed that there was a point to life and to the human race
I dreamed I could somehow comprehend that someone
shot him in the face

THE HEROINE

The heroine stood up on the deck
The ship was out of control
The bow was being ripped to shreds
Men were fighting down below
The sea had pummeled them for so long
That they knew nothing but fear
And the baby's in his box, he thinks the door is locked
The sea is in a state, the baby learns to wait
For the heroine
Locked in his defense
He waits for the heroine

The mast was cracking as the waves were slapping
Sailors rolled across the deck
And when they thought no one was looking
They would cut a weaker man's neck
While the heroine dressed
In a virgin white dress
Tried to steer the mighty ship
But the raging storm wouldn't hear of it
They were in for a long trip

Baby's in a box, thinks the door is locked
He finds it hard to breathe, drawing in the sea

And where's the heroine
to fire off the gun
To calm the raging seas
and let herself be seized by
the baby in the box

He thinks the door is locked

The woman has the keys
But there's no moment she can seize

The heroine
Who transcends all the men
Who are locked inside the box
Will she ever let him out—

The Heroine—
Strapped to the mast
The pale ascendant
Heroine

THE BLUE MASK

They tied his arms behind his back to teach him how to swim
They put blood in his coffee and milk in his gin
They stood over the soldier in the midst of the squalor
There was war in his body and it caused his brain to holler

Make the sacrifice
mutilate my face
If you need someone to kill
I'm a man without a will
Wash the razor in the rain
Let me luxuriate in pain
Please don't set me free
Death means a lot to me

The pain was lean and it made him scream he knew he was alive
They put a pin through the nipples on his chest
He thought he was a saint
I've made love to my mother, killed my father and my brother
What am I to do
When a sin goes too far, it's like a runaway car
It cannot be controlled
Spit upon his face and scream
There's no Oedipus today
This is no play you're thinking you are in
What will you say

Take the blue mask down from my face and look me in the eye
I get a thrill from punishment
I've always been that way
I loathe and despise repentance

You are permanently stained

Your weakness buys indifference
and indiscretion in the streets
Dirty's what you are and clean is what you're not
You deserve to be soundly beat

Make the sacrifice
Take it all the way
There's no "won't" high enough
To stop this desperate day
Don't take death away
Cut the finger at the joint
Cut the stallion at his mount
And stuff it in his mouth

AVERAGE GUY

I ain't no Christian or no born-again saint
I ain't no cowboy or a Marxist D.A.
I ain't no criminal or Reverend Cripple from the right
I am just your average guy, trying to do what's right
I'm just an average guy

An average guy—I'm just an average guy
I'm average looking and I'm average inside
I'm an average lover and I live in an average place
You wouldn't know me if you met me face to face
I'm just your average guy

I worry about money and taxes and such
I worry that my liver's big and it hurts to the touch
I worry about my health and bowels
And the crime waves in the street
I'm really just your average guy
Trying to stand on his own two feet
I'm just your average guy

Average looks
Average tastes
Average height
An average waist
Average in everything I do
My temperature is 98.2
I'm just your average guy
An average guy

MY HOUSE

The image of the poet's in the breeze
Canadian geese are flying above the trees
A mist is hanging gently on the lake
My house is very beautiful at night
My friend and teacher occupies a spare room
He's dead—at peace at last the wandering Jew
Other friends had put stones on his grave
He was the first great man that I had ever met
Sylvia and I got out our Ouija Board
To dial a spirit—across the room it soared
We were happy and amazed at what we saw
Blazing stood the proud and regal name Delmore
Delmore, I missed all your funny ways
I missed your jokes and the brilliant things you said
My Dedalus to your Bloom, was such a perfect wit
And to find you in my house makes things perfect
I've really got a lucky life
My writing, my motorcycle, and my wife
And to top it all off a spirit of pure poetry
Is living in this stone and wood house with me
The image of the poet's in the breeze
Canadian geese are flying above the trees
A mist is hanging gently on the lake
Our house is very beautiful at night

LEGENDARY HEARTS

Legendary hearts, tearing us apart
with stories of their love
Their great transcendent loves
While we stand here and fight
And lose another night of legendary love

Legendary loves, haunt me in my sleep
Promises to keep, I never should have made
I can't live up to this
I'm good for just a kiss—not legendary love

Romeo oh Romeo, wherefore art thou Romeo
He's in a car or at a bar
or churning his blood with an impure drug
He's in the past and seemingly lost forever
He worked hard at being good
but his basic soul was stained not pure
And when he took his bow no audience was clapping

Legendary hearts, tear us all apart
Make our emotions bleed, crying out in need
No legendary love is coming from above
It's in this room right now

And you've got to fight to make what's right

MAKE UP MIND

I can't seem to make up my mind
I can't tell the colors that will fit this room
I can't tell a thing about you
Make up my mind
I can't seem to make up my mind
Are you laughing at me or telling a joke?
The cigarette on the sheet begins to smoke
Make up your mind
Right or left, up or down, in or out, straight or round
Love or lust, rain or shine
I can't seem to make up my poor mind

I can't seem to make up my mind
I can't tell the difference between wrong and right
Are you laughing at me in your sleep tonight?
Leaving me behind—

Why don't you make up your mind

BETRAYED

Betrayed—by the one who says she loves you
By the one who says she needs you
above all other men
Betrayed by her fragile, vicious beauty
Her father did his duty, and I lie down betrayed

Justice taught her competence—Her mother was like steel
Her cousins, they're all convicts
She alone rose above that wheel
But a motorcyclist no matter how good
Is slave to an oncoming truck
and the poison of her father, was her most pitiless luck

Three of us lie in this bed, night of infamy
One of us lies on our back, her father's in her head
And quick she turns, and slaps my face
And with her eyes open wide she screams
I hate you, I hate you, I hate you
But she's looking right past me

Betrayed—by the one who says she loves you
By the one who says she needs you above all other men
Betrayed by her fragile, vicious beauty
Her father did his duty
And I lie down betrayed

BOTTOMING OUT

I'm cruising fast on a motorcycle
down this winding country road
And I pass the gravel at the foot of the hill
Where last week I fell off
There's still some oil by this old elm tree
And a dead squirrel that I hit
But if you hadn't left, I would've struck you dead
So I took a ride instead

My doctor says she hopes I know, how lucky I can be
After all it wasn't my blood mixed in the dirt that night
But this violent rage, that turns inward
Can not be helped by drink
And we must really examine this
And I say I need another drink

I'm tearing down Rte. 80 East
the sun's on my right side
I'm drunk but my vision's good
And I think of my child bride
And on the left in shadows I see
something that makes me laugh
I aim that bike at that fat pothole beyond that underpass

HOME OF THE BRAVE

Here's to Johnny with his Jo and Micky's got a wife
And here's to Jerry he has got his Joyce
And me—I'm shaking
in my boots tonight
For the daughters and the sons lost in the home of the brave

Here's to Frank hit in some bar, in picturesque Brooklyn Heights
And here's to a friend who jumped in front of a train
At 7 o'clock one night
And another friend who thinks he lacks worth
has disappeared from sight
somewhere in the home of the brave

The stars are hiding in their clouds
The street lights are too bright
A man's kicking a woman who's clutching his leg tight
And I think suddenly of you and blink my eyes in fright
And rush off to the home of the brave

And everyday you have to die some
Cry some
Die some

THE LAST SHOT

The last shot should have killed me,
pour another drink
Let's drink to the last shot
And the blood on the dishes in the sink
Blood inside the coffee cup, blood on the table top
But when you quit, you quit
But you always wish
you knew it was your last shot
I shot blood at the fly on the wall
My heart almost stopped, hardly there at all
I broke the mirror with my fall, with my fall-fall-fall
Gimme a double, give yourself one, too
Gimme a short beer, one for you, too
And a toast to everything that doesn't move, that doesn't move
But when you quit, you quit
But you always wish you knew it was your last shot
But when you quit, you quit
But you always wish you knew it was your last shot
Whisky, bourbon, vodka, scotch
I don't care what it is you've got
I just want to know that it's my last shot, my last shot
I remember when I quit pretty good
See this here's where I chipped this tooth
I shot a vein in my neck and coughed up a Quaalude
On my last shot,
Here's a toast to all that's good and here's a toast to hate
And here's a toast to toasting and I'm not boasting
when I say I'm getting straight, when I say I'm getting straight

But when you quit, you quit
but you always wish you knew it was

your last shot
When you quit, you quit
But you always wish
you knew it was your last shot

NEW SENSATIONS

I don't like guilt be it stoned or stupid
Drunk or disorderly I ain't no cupid
Two years ago today I was arrested on Christmas Eve
I don't want pain, I want to walk not be carried
I don't want to give it up, I want to stay married
I ain't no dog tied to a parked car

I want the principles of a timeless muse
I want to eradicate my negative views
And get rid of those people who are always on a down
It's easy enough to tell what is wrong
But that's not what I want to hear all night long
Some people are like human Tuinals

I took my GPZ out for a ride
The engine felt good between my thighs
The air felt cool it was forty degrees outside
I rode to Pennsylvania near the Delaware Gap
Sometimes I got lost and had to check the map
I stopped at a roadside diner for a burger and a Coke
There were some country folk and some hunters inside
Somebody got themselves married and somebody they died
I went to the jukebox and played a hillbilly song
They was arguing about football, as I waved and went outside
And I headed for the mountains, feeling warm inside
I love that GPZ so much you know that I could kiss her

DOIN' THE THINGS THAT WE WANT TO

The other night we went to see Sam's play
(Doin' the things that we want to)
It was very physical it held you to the stage
(Doin' the things that we want to)
The guy's a cowboy from some rodeo
(Doin' the things that he wants to)
The girl had once loved him but now she wants to go
Doin' the things she wants to
Doin' the things that she wants to
The man was bullish, the woman was a tease
(Doin' the things that they want to)
They fought with their words, their bodies and their deeds
(Doin' the things that we want to)
And when they finished fighting, they exited the stage
(Doin' the things that we want to)
And I was firmly struck by the way they had behaved
Doin' the things that they want to
Doin' the things that they want to

It reminds me of the movies Marty made about New York
Those frank and brutal movies that are so brilliant
Fool for Love meet The Raging Bull
They're very inspirational I love the things they do
Doin' the things that they want to
Doin' the things that they want to

There's not much you hear on the radio today
But you can still see a movie or a play—
Here's to Travis Bickle and Here's to Johnny Boy
Growing up on the mean streets of New York

I wrote this song 'cause I'd like to shake your hand
(Doin' the things that we want to)
In a way you guys are the best friends I ever had

FLY INTO THE SUN

I would not run from the holocaust
I would not run from the bomb
I'd welcome the chance to meet my maker
And fly into the sun
Fly into the sun
Fly into the sun
I'd break up into a million pieces and fly into the sun

I would not run from the blazing light
I would not run from its rain
I'd see it as an end to misery as an end to worldly pain
An end to worldly pain—An end to worldly pain
I'd shine by the light of the unknown moment
To end this worldly pain

The earth is weeping, the sky is shaking
The stars split to their core
And every proton and unnamed neutron is fusing in my bones
And an unnamed mammal is darkly rising
As man burns from his tomb
And I look at this as a blissful moment to fly into the sun
Fly into the sun—Fly into the sun
I'd burn up into a million pieces and fly into the sun
To end this mystery, answer my mystery
I'd look at this as a wondrous moment to end this mystery
Fly into the sun—Fly into the sun
I'd break up into a million pieces and fly into the sun

MY FRIEND GEORGE

Read in the paper about a man killed with a sword
And that made me think of my friend George
People said the man was five foot six
Sounds like Georgie with his killing stick

I knew Georgie since he's eight
I always thought that he was great
Anything that George would do
you know that I would do it too
George liked music and George liked to fight
He worked out in a downtown gym every night
I'd spar with him when work was done
We split lips but it was all in fun
Hey bro, what's the word
Talkin' bout my friend George

Next thing I hear George's got this stick
And using it for more than kicks
I seen him down at Smalley's bar
He was wired up I tried to calm him down
Avenge yourself he says to me—Avenge yourself for humanity
Avenge yourself for the weak and the poor
Stick it to these guys right through their heads
The fight is my music, the stick is my sword
And you know that I love you, so please don't say a word
Can't you hear the music playing, the anthem, it's my call
And the last I seen of Georgie was him running through the door

I says hey bro, what's the word—Talkin' bout my friend George
I says hey bro, what's the word—You talkin' bout my friend George?!

MAMA'S GOT A LOVER

Mama's Got a Lover
A painter I am told
She's getting out of real estate
For the art scene down in old SoHo

Mama's Got a Lover
He owns a gallery
She says he likes collages but
The money's in GRA-FI-TI

Mama's Got a Lover
I met him yesterday
She says she hopes I like him
Maybe I'll send him a card on Father's Day

Mama's Got a Lover
They're backing a film
It's about a working mother
Who gives birth to black and white
Siamese twins

Mama's Got a Lover
He's got something to say
He says he's into dirt and rot
The essence of "urban decay"

Mama's Got a Lover
We met yesterday
She says she hopes I like him
I'll send him a card on Father's Day

Mama's Got a Lover
I met him yesterday
She's starting a new chapter
I wish she was on the last page

VIDEO VIOLENCE

The currents rage deep inside us
This is the age of video violence
The currents rage deep down inside us
This is the age of video violence

Up in the morning, drinking his coffee
Turns on the TV to some slasher movie
Cartoon-like women, tied up and sweaty
Panting and screaming
Thank you, have a nice day

His heart is pounding he switches the channel
looking for something other than rape or murder
or beatings or torture
but except for Walt Disney
it's a twisted alliance
This age of video violence

Down at his job his boss sits there screaming
If he loses his job, life loses its meaning
His son is in high school
There's nothing he's learning
He sits by the TV
Watching Corvettes exploding

The currents rage deep inside us
This is the age of video violence
The currents rage deep inside us
This is the age of video violence
Down at a bar some woman is topless
She's acned and scarred, her hair is a mess
While he shoves $5 down her exotic panties

The video jukebox is playing Madonna
While just down the block
At some local theater
they're grabbing their crotches
at the 13th beheading
As the dead rise to live
The live sink to die
The currents are deep and raging inside

Our good working stiff looks a whore in the eye
ties her to a bed
while he beats her back bloody
and then back at home
drinking more instant coffee
calls some red-neck evangelist
He's seen on TV and says

The currents rage, the dawn's upon us
This is the age of video violence
No age of reason is landing upon us
This is the age of video violence

The currents rage so deep within us
This is the age of video violence
The currents rage so deep down inside us
This is the age of video violence

THE ORIGINAL WRAPPER

I was sittin' home on the West End
Watchin' cable TV with a female friend
We were watchin' the news, the world's in a mess
the poor and the hungry, a world in distress
herpes, AIDS, the Middle East at full throttle
better check that sausage before you put it in the waffle
and while you're at it—check what's in the batter
Make sure that candy's in the
Original Wrapper

Reagan says abortion's murder
While he's looking at Cardinal O'Connor
Look at Jerry Falwell, Louis Farrakhan
both talk religion and the brotherhood of man
they both sound like they belong in Teheran
Watch out, they're goin' full throttle
better check that sausage before you stick it in the waffle
and while you're at it better check what's in the batter
Make sure that candy's in the
Original Wrapper
Hey, pitcher, better check that batter
Make sure that candy's in the
Original Wrapper

White against white, Black against Jew
It seems like it's 1942
the baby sits in front of MTV watching violent fantasies
while Dad guzzles beer with his favorite sport
only to find his heroes are all coked up
it's classic, original—the same old story
the politics of hate in a new surrounding
hate if it's good and hate if it's bad
and if this all don't make you mad

I'll keep yours and I'll keep mine
Nothing sacred and nothing divine
Father, bless me—We're at full throttle
better check that sausage before you put it in the waffle
and while you're at it better check that batter
Make sure the candy's in the Original Wrapper

I was born in the United States
I grew up hard but I grew up straight
I saw a lack of morals and a lack of concern
a feeling that there's nowhere to turn
Yippies, Hippies and upwardly mobile Yuppies
don't treat me like I'm some dumb lackey
Cause the murderer lives while the victims die,
I'd much rather see it an eye for an eye
A heart for a heart, a brain for a brain
and if this all makes you feel a little insane
kick up your heels—turn the music up loud
pick up your guitar and look out at the crowd
and say, "Don't mean to come on sanctimonious
but life's got me nervous and a little pugnacious—
lugubrious so I give a salutation
and rock on out to beat really stupid
ohh poop ah doo and how do you do
hip hop gonna bop till I drop."
Watch out world, comin' at you full throttle
better check that sausage before you put it in the waffle
and while you're at it better check that batter
Make sure the candy's in the Original Wrapper
Hey pitcher better check that batter
Make sure the candy's in the
Original Wrapper

TELL IT TO YOUR HEART

I'm staring through a telescope at night
at a large light in the sky
Its spinning lights reminded me of you
A star spinning in orbit lighting up the sky
or maybe it was not a star at all

I was standing by the Hudson River's edge at night
looking out across the Jersey shore
at a neon light spelling out some cola's name
And I thought
Your name should be dancing, beamed from satellites
Larger than any billboard in Times Square

Tell it to your heart
Please don't be afraid
I'm the one who loves you in each and every way
Tell it to your heart
Please don't be afraid
New York City lovers
Tell it to your heart

I'm up on the roof, it's 5 a.m. I guess I couldn't sleep
and I see this spinning light that I saw last week
Maybe I should wake you but by then it may be gone
You never know what you see if you look up in the sky

I ran outside down a darkened street listening
to my boot heels click
My leather jacket squeaked I needed a cigarette
When I turned the corner my spinning light was in the street
They were filming a commercial on TV

Tell it to your heart
Please don't be afraid
We're no teenage movie
That ends in tragedy
Tell it to your heart
Please don't be afraid
New York City lovers
Tell it to your heart

LETTERS TO THE VATICAN

Rosie sits inside a bar smoking a large man's cigar
In a place called "Sammy's" on Amsterdam Avenue
She doesn't look a day over 65, although she's really 29
She likes records from the '60s
They remind her of the good old times

And after some wine and some scotch
Rosie starts to let it hang out:
She throws a glass at the mirror and asks Big Max for a pen

She writes a letter to the Vatican
"I'm gonna write a letter to Him:
Dear Pope, send me some soap and a bottle of Bombay gin"
A letter to the Vatican
"I'm gonna write a letter to Him:
Dear Pope, send some hope or a rope to do me in"

And no one stops her
We all lend a hand
We all knew her before she was this mad
We just hold her until the shaking stops
Because the heart says what only the heart knows

"I wanna hear some Diana Ross
I wanna hear a little bit of Marvin Gaye
I wanna hear a song that reminds me of a better day"

Rosie slaps a pretty girl in the mouth
and running to the jukebox she tries to put a quarter in

She says, "I've had enough of you men
and I'll never say yes again; it's holiness or nothing
for me in this life . . ."

She writes a letter to the Vatican
"I'm gonna write a letter to him:
Dear Pope, send me some soap and a bottle of Bombay gin"
A letter to the Vatican
"I'm gonna write a letter to him:
Dear Pope, send me some hope or a rope to do me in"

And no one stops her
We all lend a hand
We all knew her before she was this mad
We just hold her until the shaking stops
Because the heart says what only the heart knows

THE CALM BEFORE THE STORM

There was a time when ignorance made our innocence strong
There was a time when we all thought we could do no wrong
There was a time, so long ago
but here we are in the calm before the storm

While the orchestra plays
they build barricades to help close the doors
While the musician sings
the holocaust rings the cymbals of war
We stare
at the things that were there
and no longer are—
And in our hearts
here we are again
In the calm before the storm

There was a time when we had an idea whose time hadn't come
They kept changing its name so we could still pretend
it was not really gone
We heard our screams turn into songs and back into screams again
And here we are again,
In the calm before the storm

ROMEO HAD JULIETTE

Caught between the twisted stars the plotted lines the faulty map
that brought Columbus to New York
Betwixt between the east and west
he calls on her wearing a leather vest
the earth squeals and shudders to a halt
A diamond crucifix in his ear is used to help ward off the fear
that he has left his soul in someone's rented car
Inside his pants he hides a mop
to clean the mess that he has dropped
into the life of lithesome Juliette Bell

And Romeo wanted Juliette
and Juliette wanted Romeo

Romeo Rodriguez squares his shoulders and curses Jesus
runs a comb through his black pony-tail
He's thinking of his lonely room
The sink that by his bed gives off a stink
then smells her perfume in his eyes
and her voice was like a bell

Outside the streets were steaming the crack dealers were dreaming
of an Uzi someone had just scored
I betcha I could hit that light
with my one good arm behind my back
says little Joey Diaz

Brother, give me another tote
those downtown hoods are no damn good
Those Italians need a lesson to be taught

This cop who died in Harlem you think they'd get the warnin'
I was dancing when his brains ran out on the street

and Romeo had Juliette
and Juliette had her Romeo

I'll take Manhattan in a garbage bag
with Latin writ on it that says
"It's hard to give a shit these days"
Manhattan's sinking like a rock, into the filthy Hudson
what a shock
They wrote a book about it, they said it was like Ancient Rome
The perfume burned his eyes, holding tightly to her thighs
and something flickered for a minute
and then it vanished and was gone

THE HALLOWEEN PARADE

There's a downtown fairy singing out "Proud Mary"
as she cruises Christopher Street
And some southern queen is acting loud and mean
where the docks and the badlands meet
This Halloween is something to be sure
Especially to be here without you

There's a Greta Garbo and an Alfred Hitchcock
and some black Jamaican stud
There's five Cinderellas and some leather drags
I almost fell into my mug
There's a Crawford, Davis and a tacky Cary Grant
and some homeboys lookin' for trouble down here from the Bronx

But there ain't no Hairy and no Virgin Mary
you won't hear those voices again
And Johnny Rio and Rotten Rita
you'll never see those faces again
This Halloween is something to be sure
Especially to be here without you

There's the Born Again Losers and the Lavender Boozers
and some crack team from Washington Heights
The boys from Avenue B, the girls from Avenue D
A Tinkerbell in tights
This celebration somehow gets me down
Especially when I see you're not around

There's no Peter Pedantic saying things romantic
in Latin, Greek or Spic

There's no three bananas or Brandy Alexander
dishing all their tricks
It's a different feeling that I have today
Especially when I know you've gone away

There's a girl from SoHo with a tee-shirt saying "I blow"
She's with the "Jive Five 2 Plus 3"
and the girls for pay dates are giving cut rates
or else doing it for free
The past keeps knock knock knocking on my door
and I don't want to hear it anymore

No consolations please
for feelin' funky
I got to get my head above my knees
But it makes me mad and mad makes me sad
and then I start to freeze
In the back of my mind I was afraid it might be true
In the back of my mind I was afraid that they meant you
The Halloween Parade
see you next year—
at the Halloween Parade

DIRTY BLVD.

Pedro lives out of the Wilshire Hotel
he looks out a window without glass
The walls are made of cardboard
newspapers on his feet
and his father beats him 'cause he's too tired to beg
He's got 9 brothers and sisters
They're brought up on their knees
It's hard to run when a coat hanger beats you on the thighs
Pedro dreams of being older and killing the old man
But that's a slim chance he's going to The Boulevard

This room cost 2,000 dollars a month
You can believe it man it's true
Somewhere a landlord's laughing till he wets his pants
No one here dreams of being a doctor or a lawyer or anything
They dream of dealing on The Dirty Boulevard

Give me your hungry, your tired, your poor I'll piss on 'em
that's what the Statue of Bigotry says
Your poor huddled masses—let's club 'em to death
and get it over with and just dump 'em on The Boulevard

Outside it's a bright night, there's an opera at Lincoln Center
movie stars arrive by limousine
The klieg lights shoot up over the skyline of Manhattan
but the lights are out on the mean streets

A small kid stands by the Lincoln Tunnel
He's selling plastic roses for a buck
The traffic's backed up to 39th street
The TV whores are calling the cops out for a suck

And back at the Wilshire, Pedro sits there dreaming
He's found a book on magic in a garbage can
He looks at the pictures and stares up at the cracked ceiling
"At the count of 3," he says, "I hope I can disappear
and fly fly away . . ."

ENDLESS CYCLE

The bias of the father runs on through the son
leaving him bothered and bewildered
The drugs in his veins only cause him to spit
at the face staring back in the mirror
How can he tell a good act from the bad
He can't even remember his name
How can he do what needs to be done
When he's a follower and not a leader
The sickness of the mother runs on through the girl
leaving her small and helpless
Liquor flies through her brain with the force of a gun
leaving her running in circles
How can she tell a good act from the bad
when she's flat on her back in her room
How can she do what needs to be done
when she's a coward and a bleeder
The man if he marries will batter his child
and have endless excuses
The woman sadly will do much the same
thinking that it's right and it's proper
Better than their mommy or their daddy did
better than the childhood they suffered
The truth is they're happier when they're in pain
In fact, that's why they got married

BEGINNING OF A GREAT ADVENTURE

It might be fun to have a kid that I could kick around
A little me to fill up with my thoughts
A little me or he or she to fill up with my dreams
A way of saying life is not a loss
I'd keep the tyke away from school
and tutor him myself
Keep him from the poison of the crowd
But then again pristine isolation
might not be the best idea
It's not good trying to immortalize yourself

Why stop at one, I might have ten, a regular TV brood
I'd breed a little liberal army in the woods
Just like these redneck lunatics I see at the local bar
With their tribe of mutant inbred piglets with cloven hooves
I'd teach 'em how to plant a bomb, start a fire, play guitar
and if they catch a hunter, shoot him in the nuts
I'd try to be as progressive as I could possibly be
as long as I don't have to try too much

Susie, Jesus, Bogart, Sam, Leslie, Jill and Jeff
Rita, Winny, Andy, Fran and Jet
Boris, Bono, Lucy, Ethel, Bunny, Reg and Tom
that's a lot of names to try not to forget
Carrie, Marlon, Mo and Steve
La Rue and Jerry Lee
Eggplant, Rufus, Dummy, Star and The Glob
I'd need a damn computer to keep track of all these names
I hope this baby thing don't go too far

I hope it's true what my wife said to me
she says, baby, "It's the beginning of a great adventure"

It might be fun to have a kid that I could kick around
Create in my own image like a god
I'd raise my own pallbearers to carry me to my grave
and keep me company when I'm a wizened toothless clod
Some gibbering old fool sitting all alone drooling on his shirt
Some senile old fart playing in the dirt
It might be fun to have a kid I could pass something on to
Something better than rage, pain, anger and hurt

LAST GREAT AMERICAN WHALE

They say he didn't have an enemy
His was a greatness to behold
He was the last surviving progeny
The last one on this side of the world
He measured half a mile from tip to tail
silver and black with powerful fins
They say he could split a mountain in two
that's how we got the Grand Canyon

Some say they saw him at the Great Lakes
Some say they saw him off the coast of Florida
My mother said she saw him in Chinatown
but you can't always trust your mother
Off the Carolinas the sun shines brightly in the day
The lighthouse glows ghostly there at night
The chief of a local tribe had killed a racist mayor's son
and he'd been on death row since 1958
The mayor's kid was a rowdy pig
Spit on Indians and lots worse
The Old Chief buried a hatchet in his head
Life compared to death for him seemed worse
The tribal brothers gathered in the lighthouse to sing
and tried to conjure up a storm or rain

The harbor parted and the great whale sprang full up
and caused a huge tidal wave
The wave crushed the jail and freed the chief
The tribe let out a roar
The whites were drowned
The browns and reds set free
but sadly one thing more
Some local yokel member of the NRA

kept a bazooka in his living room
and thinking he had the Chief in his sights
blew the whale's brains out with a lead harpoon

Well Americans don't care for much of anything
Land and water the least
And animal life is low on the totem pole
with human life not worth more than infected yeast
Americans don't care too much for beauty
They'll shit in a river, dump battery acid in a stream
They'll watch dead rats wash up on the beach
and complain if they can't swim
They say things are done for the majority
Don't believe half of what you see
and none of what you hear

It's a lot like what my painter friend Donald said to me,
"Stick a fork in their ass and turn 'em over, they're done"

BUSLOAD OF FAITH

You can't depend on your family
You can't depend on your friends
You can't depend on a beginning
You can't depend on an end
You can't depend on intelligence
You can't depend on God
You can only depend on one thing
You need a busload of faith to get by

You can depend on the worst always happening
You can depend on a murderer's drive
You can bet that if he rapes somebody
There'll be no problem having a child
And you can bet that if she aborts it
Pro-lifers will attack her with rage
You can depend on the worst always happening
You need a busload of faith to get by

You can't depend on the goodly hearted
The goodly hearted made lampshades and soap
You can't depend on the Sacrament
No Father, no Holy Ghost
You can't depend on any churches
Unless there's real estate you want to buy
You can't depend on a lot of things
You need a busload of faith to get by

You can't depend on no miracle
You can't depend on the air
You can't depend on a wise man
You can't find them because they're not there

You can depend on cruelty
Crudity of thought and sound
You can depend on the worst always happening
You need a busload of faith to get by

HOLD ON

There's blacks with knives and whites with clubs
fighting at Howard Beach
There's no such thing as human rights
when you walk the N.Y. streets
A cop was shot in the head by a 10 year old kid named Buddah
in Central Park last week
The fathers and daughters are lined up by
the coffins by the Statue of Bigotry

You better hold on something's happening here
You better hold on—well I'll meet you in Tompkins Square

The dopers sent a message to the cops last weekend
they shot him in the car where he sat
and Eleanor Bumpers and Michael Stewart must have appreciated that
There's a rampaging rage rising up like a plague of bloody vials
washing up on the beach
It'll take more than the angels or Iron Mike Tyson
to heal this bloody breach

A junkie ran down a lady a pregnant dancer
she'll never dance but the baby was saved
He shot up some china white and nodded out at the wheel
and he doesn't remember a thing
They shot that old lady 'cause they thought she was a witness
to a crime she didn't even see

Whose home is the home of the brave by the statue of bigotry
You got a black .38 and a gravity knife
You still have to ride the train

There's the smelly essence of N.Y. down there
but you ain't no Bernard Goetz
There's no mafia lawyer to fight in your corner
for that 15 minutes of fame
The have and the have nots are bleeding in the tub
That's New York's future not mine

GOOD EVENING MR. WALDHEIM

Good Evening, Mr. Waldheim
and Pontiff, how are you?
You have so much in common in the things you do
and here comes Jesse Jackson
He talks of common ground
Does that common ground include me
or is it just a sound
A sound that shakes
Oh Jesse, you must watch the sounds you make
A sound that quakes
There are fears that still reverberate

Jesse you say common ground
Does that include the PLO?
What about people right here right now
who fought for you not so long ago?
The words that flow so freely
falling dancing from your lips
I hope that you don't cheapen them with a racist slip
Oh common ground
Is common ground a word or just a sound
Common ground—remember those civil rights workers buried in
the ground

If I ran for president and once was a member of The Klan
wouldn't you call me on it
The way I call you on Farrakhan
and Pontiff, pretty Pontiff
Can anyone shake your hand?
Or is it just that you like uniforms and someone kissing your hand
Or is it true
The common ground for me includes you, too

Good Evening, Mr. Waldheim
Pontiff, how are you
As you both stroll through the woods at night
I'm thinking thoughts of you
and Jesse you're inside my thoughts
as the rhythmic words subside
My common ground invites you in
or do you prefer to wait outside
Or is it true
The common ground for me is without you
Or is it true
There's no ground common enough for me and you

XMAS IN FEBRUARY

Sam was lyin' in the jungle
agent orange spread against the sky like marmalade
Hendrix played on some foreign jukebox
They were praying to be saved
Those gooks were fierce and fearless
That's the price you pay when you invade
Xmas in February

Sam lost his arm in some border town
His fingers are mixed with someone's crop
If he didn't have that opium to smoke
the pain would never ever stop
Half his friends are stuffed into black body bags
with their names printed at the top
Xmas in February

Sammy was a short order cook in a
short order black and blue collar town
Everybody worked the steel mill but
the steel mill got closed down
He thought if he joined the army
he'd have a future that was sound
Like no Xmas in February

Sam's staring at the Vietnam Wall
It's been a while now that he's home
His wife and kid have left, he's unemployed
He's a reminder of the war that wasn't won
He's the guy on the street with the sign that reads
"Please help send this vet home"
But he is home

and there's no Xmas in February
No matter how much he saves

STRAWMAN

We who have so much
To you who have so little
To you who don't have anything at all
We who have so much
More than any one man does need
And you who don't have anything at all
Does anybody need another million dollar movie
Does anybody need another million dollar star
Does anybody need to be told over and over
Spitting in the wind comes back at you twice as hard

Strawman, going straight to the devil
Strawman, going straight to hell

Does anyone really need a billion dollar rocket
Does anyone need a $60,000 car
Does anyone need another president
or the sins of Swaggart parts 6,7,8 and 9
Does anyone need another politician
Caught with his pants down
Money sticking in his hole
Does anyone need another racist preacher
Spittin' in the wind can only do you harm

Does anyone need another faulty shuttle
Blasting off to the moon, Venus or Mars
Does anyone need another self-righteous rock singer
Whose nose he says led him straight to God
Does anyone need yet another blank skyscraper
if you're like me I'm sure a minor miracle will do
A flaming sword or maybe a gold ark floating up the Hudson
When you spit in the wind it comes right back at you

SICK OF YOU

I was up in the morning with the TV blarin'
Brushed my teeth sittin' watchin' the news
All the beaches were closed the ocean was a red sea
but there was no one there to part it in two
There was no fresh salad 'cause
there's hypos in the cabbage
Staten Island disappeared at noon
And they say the Midwest is in great distress
and NASA blew up the moon
The ozone layer has no ozone anymore
and you're gonna leave me for the guy next door
I'm sick of you
They arrested the mayor for an illegal favor
sold the Empire State to Japan
and Oliver North married Richard Secord
and gave birth to a little Teheran
And the Ayatollah bought a nuclear warship
if he dies he wants to go out in style
And there's nothing to eat that don't carry the stink
of some human waste dumped in the Nile
Well one thing is certainly true
No one here knows what to do
I'm sick of you
The radio said there were 400 dead
in some small town in Arkansas
Some whacked out trucker drove into a nuclear reactor
and killed everybody he saw
Now he's on Morton Downey
and he's glowing and shining
Doctors say this is a medical advance
They say the bad makes the good

and there's something to be learned
in every human experience
Well I know one thing that really is true
This here's a zoo and the keeper ain't you
and I'm sick of it, I'm sick of you
They ordained the Trumps and then he got the mumps
and died being treated at Mount Sinai
And my best friend Bill died from a poison pill
some wired doctor prescribed for stress
My arms and legs are shrunk
the food all has lumps
They discovered some animal no one's ever seen
It was an inside trader eating a rubber tire
After running over Rudy Giuliani
They say the president's dead
no one can find his head
It's been missing now for weeks
but no one noticed it
He had seemed so fit
and I'm sick of it
I'm sick of you

THERE IS NO TIME

This is no time for celebration
This is no time for shaking hands
This is no time for back slapping
This is no time for marching bands
This is no time for optimism
This is no time for endless thought
This is no time for my country right or wrong
Remember what that brought

There is no time

This is no time for congratulations
This is no time to turn your back
This is no time for circumlocution
This is no time for learned speech
This is no time to count your blessings
This is no time for private gain
This is a time to put up or shut up
It won't come back this way again

There is no time

This is no time to swallow anger
This is no time to ignore hate
This is no time to be acting frivolous
because the time is getting late

This is no time for private vendettas
This is no time to not know who you are
Self-knowledge is a dangerous thing
The freedom of who you are
This is no time to ignore warnings

This is no time to clear the plate
Let's not be sorry after the fact
and let the past become our fate

There is no time

This is no time to turn away and drink
or smoke some vials of crack
This is a time to gather force
and take dead aim and attack
This is no time for celebration
This is no time for saluting flags
This is no time for inner searchings
The future is at hand
This is no time for phony rhetoric
This is no time for political speech
This is a time for action
because the future's within reach

This is the time, because there is no time

DIME STORE MYSTERY

He was lying banged and battered, skewered
and bleeding, talking crippled on the cross
Was his mind reeling and heaving
hallucinating fleeing what a loss
The things he hadn't touched or kissed
his senses slowly stripped away
Not like Buddha not like Vishnu
Life wouldn't rise through him again
I find it easy to believe
that he might question his beliefs
The beginning of the Last Temptation
Dime Store Mystery

The duality of nature, godly nature, human nature
Splits the soul
Fully human, fully divine and divided
The great immortal soul
Split into pieces, whirling pieces, opposites attract
From the front, the side, the back
The mind itself attacks
I know this feeling, I know it from before
Descartes through Hegel
Belief is never sure
Dime Store Mystery, Last Temptation

I was sitting drumming, thinking, thumping, pondering
The mysteries of life
Outside the city shrieking screaming whispering
The mysteries of life
There's a funeral tomorrow at St. Patrick's
The bells will ring for you

What must you have been thinking
when you realized the time had come for you
I wish I hadn't thrown away my time
on so much human and so much less divine
The end of the Last Temptation
the end of a Dime Store Mystery

SMALL TOWN

When you're growing up in a small town
When you're growing up in a small town
When you're growing up in a small town
You say no one famous ever came from here
When you're growing up in a small town
And you're having a nervous breakdown
And you think that you'll never escape it
Yourself or the place that you live
Where did Picasso come from
There's no Michelangelo coming from Pittsburgh
If art is the tip of the iceberg
I'm the part sinking below
When you're growing up in a small town
Bad skin, bad eyes—gay and fatty
People look at you funny
When you're in a small town
My father worked in construction
It's not something for which I am suited
Oh—what is something for which you are suited?
Getting out of here
I hate being odd in a small town
If they stare let them stare in New York City
At this pink eyed painting albino
How far can my fantasy go?
I'm no Dali coming from Pittsburgh
No adorable lisping Capote
My hero—oh do you think I could meet him?
I'd camp out at his front door

There's only one good thing about a small town
There's only one good use for a small town

There's only one good thing about a small town
You know that you want to get out

When you're growing up in a small town
You know you'll grow down in a small town
There's only one good use for a small town
You hate it and you know you'll have to leave

NOBODY BUT YOU

I really care a lot although I look like I do not
since I was shot there's nobody but you
I know I look blasé, party Andy's what the papers say
at dinner I'm the one who pays—for a nobody like you
nobody but you, a nobody like you
since I got shot there's nobody but you

Won't you decorate my house
I'll sit there quiet as a mouse
you know me I like to look a lot—at nobody like you
I'll hold your hand and slap my face
I'll tickle you to your disgrace
Won't you put me in my proper place—a nobody like you

Sundays I pray a lot, I'd like to wind you up
and paint your clock
I want to be what I am not—for a nobody like you
The bullet split my spleen and lung, the doctors said I was gone
Inside I've got some shattered bone for nobody but you

I'm still not sure I didn't die
and if I'm dreaming I still have bad pains inside
I know I'll never be a bride—to nobody like you
I wish I had a stronger chin, my skin was good, my nose was thin
This is no movie I'd ask to be in—with a nobody like you
nobody like you, a nobody like you, all my life—
it's been nobodies like you

IT WASN'T ME

It wasn't me who shamed you, it's not fair to say that
You wanted to work I gave you a chance at that
It wasn't me who hurt you, that's more credit than I'm worth
Don't threaten me with the things you'll do to you

It wasn't me who shamed you, it wasn't me who brought
you down
You did it to yourself without any help from me
It wasn't me who hurt you, I showed you possibilities
The problems you had were there before you met me

I didn't say this had to be
You can't blame these things on me
It wasn't me, it wasn't me, it wasn't me,
I know she's dead, it wasn't me

It wasn't me who changed you, you did it to yourself
I'm not an excuse for the hole that you dropped in
I'm not simpleminded but I'm no father to you all
Death exists but you do things to yourself

I never said give up control
I never said stick a needle in your arm and die
It wasn't me, it wasn't me, it wasn't me
I know he's dead but it wasn't me

It wasn't me who shamed you, who covered you with mud
You did it to yourself without any help from me
You act as if I could've told you or stopped you like some god
But people never listen and you know that that's a fact

I never said slit your wrists and die
I never said throw your life away
It wasn't me, it wasn't me, it wasn't me
You're killing yourself—you can't blame me

HELLO IT'S ME

Andy it's me, haven't seen you in a while
I wished I talked to you more when you were alive
I thought you were self-assured when you acted shy
Hello it's me
I really miss you, I really miss your mind
I haven't heard ideas like that for such a long, long time
I loved to watch you draw and watch you paint
But when I saw you last I turned away

When Billy Name was sick and locked up in his room
You asked me for some speed, I thought it was for you
I'm sorry if I doubted your good heart
Things always seem to end before they start

Hello it's me, that was a great gallery show
Your cow wallpaper and your floating silver pillows
I wish I paid more attention when they laughed at you
Hello it's me

"Pop goes pop artist," the headline said
"Is shooting a put-on, is Warhol really dead?"
You get less time for stealing a car
I remember thinking as I heard my own record in a bar

They really hated you, now all that's changed
But I have some resentments that can never be unmade
You hit me where it hurt I didn't laugh
Your Diaries are not a worthy epitaph

Oh well now Andy—I guess we've got to go
I wish someway somehow you like this little show
I know this is late in coming but it's the only way I know
Hello it's me—goodnight Andy . . .

A DREAM

I HAD a terrible dream the other night. Billy Name and Brigid were playing under my staircase on the second floor about two 'o clock in the morning. I woke up because Amos and Archie had started barking. That made me very angry because I wasn't feeling well and I told them. I was very cross the real me, that they just better remember what happened to Sam the Bad Cat that was left at home and got sick and went to pussy heaven.

It was a very cold clear fall night. Some snowflakes were falling, gee it was so beautiful, and so I went to get my camera to take some pictures. And then I was taking the pictures but the exposure thing wasn't right and I was going to call Fred or Gerry to find out how to get it set but oh it was late and then I remembered they were still probably at dinner and anyway I felt really bad and didn't want to talk to anybody anyway but the snowflakes were so beautiful and real looking and I really wanted to hold them. And that's when I heard the voices from down the hall near the stairs. So I got a flashlight and I was scared and I went out into the hallway. There's been all kinds of trouble lately in the neighborhood and someone's got to bring home the bacon and anyway there were Brigid and Billy playing. And under the staircase was a little meadow sort of like the park at 23rd street where all the young kids go and play frisbee, gee that must be fun, maybe we should do an article on that in the magazine, but they'll just tell me I'm stupid and it won't sell, but I'll just hold my ground this time, I mean it's my magazine isn't it?

So I was thinking that as the snowflakes fell and I heard those voices having so much fun. Gee it would be so great to have some fun. So I called Billy, but either he didn't hear me or he didn't want to answer which was so strange because even if I don't like reunions I've always loved Billy. I'm so glad he's working. I mean it's different than Ondine. He keeps touring with those movies and he doesn't even pay us and the film, I mean the film's just going to disintegrate and then what. I mean he's so normal off of drugs. I just don't get it.

And then I saw John Cale. And he's been looking really great. He's been coming by the office to exercise with me. Ronnie said I have a muscle but he's been really mean since he went to AA. I mean what does it mean when you give up drinking and then you're still so mean. He says I'm being lazy but I'm not, I just can't find any ideas. I mean I'm just not, let's face it, going to get any ideas up at the office.

And seeing John made me think of the Velvets and I had been thinking about them when I was on St. Marks Place going to that new gallery those sweet new kids have opened, but they thought I was old, and then I saw the old Dom, the old club where we did our first shows. It was so great. And I don't understand about that Velvet's first album. I mean I did the cover and I was the producer and I always see it repackaged and I've never gotten a penny from it. How could that be. I should call Henry, but it was good seeing John, I did a cover for him, but I did in black and white and he changed it to color. It would have been worth more if he'd left it my way but you can never tell anybody anything, I've learned that.

I tried calling again to Billy and John but they wouldn't recognize me it was like I wasn't there. Why won't they let me in. And then I saw Lou. I'm so mad at him. Lou Reed got married and didn't invite me. I mean is it because he thought I'd bring too many people. I don't get it. He could have at least called. I mean he's doing so great. Why doesn't he call me? I saw him at the MTV show and he was one row away and he didn't even say hello. I don't get it. You know I hate Lou I really do. He won't even hire us for his videos. And I was proud of him.

I was so scared today. There was blood leaking through my shirt from those old scars from being shot. And the corset I wear to keep my insides in was hurting. And I did three sets of fifteen pushups and four sets of ten situps. But then my insides hurt and I saw drops of blood on my shirt and I remember the doctors saying I was dead. And then later they had to take blood out of my hand 'cause they ran out of veins but then all this thinking was making me an old grouch and you can't do anything anyway so if they wouldn't let me play with them in my own dream I was just going to have to make another and another and another. Gee wouldn't it be funny if I died in this dream before I could make another one up.

And nobody called.

THE BELLS

And the actresses relate
to the actor who comes home late
after the plays have closed down
all the crowds scattered around
through the city lights and the streets
no ticket could beat
that beautiful show of shows
Broadway only knows
The Great White Milky Way
It had something to say
When he fell down on his knees
after soaring through the air
with nothing to hold him there
It was really not cute
to play without a parachute
As he stood upon the ledge
looking out he thought he saw a brook—

and he hollered, "Look! There are the bells!"
and he sang out, "Here come the bells!"
"Here come the bells!"
"Here come the bells!"

訳者あとがき

——想いと表現のあいだに人生がある

本書の原題（Between Thought and Expression）としても使われている上記の言葉は「愛のひとつ（Some Kinda Love）」の一節。何度かつぶやくと、いい言葉だなと思うと同時に、これは人生に対するルー・リード自身のこだわりだとわかる。

本書は1965年から1990年までのルー・リード自選歌詞集。ヴェルヴェット・アンダーグラウンド時代のものを含む87曲の歌詞と二つの詩、それに二つのインタビュー（チェコスロバキアのハヴェル大統領とニューヨークの作家ヒューバート・セルビー）が入っている。

ルー・リードはニューヨークとは切っても切り離せないロックンローラーであり、詩人。現在50歳。最近とくに渋くなった彼のロックンロールは「大人のロック」として、「ニューヨーク・タイムズ」紙を始め、他の音楽雑誌以外の雑誌や新聞にも大きく取り上げられた。これは彼がロックンローラーの枠を超えたところでも高く評価されている証拠だ。

少年時代を過ごした、ニューヨーク郊外の退屈な生活の中でロックンロールに出会ったルー・リードは、1965年にジョン・ケイルらと、今や伝説化したバンド「ヴェルヴェット・アンダーグラウンド」を作る。ニューヨークの当時のアート・シーンを風靡していたアンディ・ウォーホールと出会い、彼の仕事場「ファクトリー」の常連となる。翌1966年2月から1967年7月までウォーホールのマルチメディアのイヴェント「アップタイト」に出演、ドイツ出身のモデル兼女優で歌手志望のニコを加えたヴェルヴェット・アンダーグラウンド（VU）・アンド・ニコはニューヨークのアート・シーンを飾った。その後、オリジナル・メンバーが次々に去り、1970年の夏、VUの絶頂期にルー・リード自身も去り、主要メンバーの欠けたVUは徐々に自滅した。その後、実家に戻った彼は父親の会計事務所でタイピストをしながら、作詩に励む。1972年に初めてのソロ・アルバム『ロックの幻想』を発表。以後、ほぼ一年に一枚の割でアルバムを発表し続けている。

本書に収められた89の歌詞と詩のうち、70編がVU離脱後に書かれている。そして、その中でも1980年以降のものが圧倒的に多く、年を追うごとに歌詞を音楽から独立した詩として意識してきているのがうかがえる。1980年代半ばに、ニューヨークのYMCAで詩の朗読会を行った彼の姿を今でもよく覚えている。詩人に徹した姿勢が見てとれた。リチャード・ヘルを始め、ロックンローラーが詩の朗読会に顔を出すのは珍しくないが、人気のある現役のロックンローラーで、詩人として通用するのは数少ないはず。ルー・リードもそのうちの一人で、詩人としての彼に贈る観客の盛大な拍手もその自信を支えていると思う。

1989年に発表されたアルバム『ニューヨーク』の全曲が本書に収められている。貧困、ドラッグ、人種差別、犯罪、エイズなど、今のニューヨークを取りあげたこのアルバムを聞くと、彼自身も言っているように、ニューヨークが見えてくる。ニューヨークの影が浮かび上がってくる。

そして、翌1990年に発表した『ソングス・フォー・ドレラ』からは5曲がここに収められている。これは、VUの元メンバーであったジョン・ケイルと共にかつての恩師的存在だったウォーホールに捧げたエレジーで、VU時代に時を分かちあい、影響を与えあったウォーホールの内面を描写している。ルー・リードの語るウォーホールがすごくなまなましい。残念ながら本書には含まれていないが、彼の最新アルバム『マジック・アンド・ロス』ではさらに人間の内部の声に耳を傾け、生と死を見据え、それを表現することに詩人としての才能をますます発揮している。詩人としてのルー・リード紹介には余談だが、彼の本業であるギターもさらに磨きがかかり、ギターソロの部分ではそれだけで、私は感激した。

1992年6月18日午後4時30分頃、このあとがきを書いていると、電話が鳴った。男の声だった。私の名前を確認したあと、「ルー・リードです」と言った。私は一瞬耳を疑ったが、頭の中でプレイバックすると、それはまさにルー・リードの声だった。あわてて挨拶をした。彼は、私が送った翻訳に関する質問に答えようと思って電話をかけたと言った。ツアー先のヨーロッパからわざわざ電話してきてくれたのだ。丁寧にわからないところを教えてくれた。ルー・リード自身が電話してくれたことにびっくりしたものの、これは彼の人柄と、彼の詩に対する思い入れの深さが表れたエピソードだと思う。そのためにも本書の翻訳が彼の言葉に対するこだわりを裏切らないものであることを願っている。

最後に。

翻訳する時に本当にいろいろと協力してくれた山形浩生さん、中森司さん、ありがとう。ドナルド・ケネスンさん、元吉勝世さん、中野理恵さん、天野浩さん、お世話になりました。未熟な私にこのような素晴らしい本の翻訳の機会を与えてくださった編集部の川名昭宣さん、怠惰な訳者に根気よく付きあってくれた小川哲さんに心から感謝します。

ディスコグラフィー

ルー・リード（1942年３月２日〜2013年10月27日）

＊LPレコードで発売されたものについては曲目の前に［A］［B］…でレコード面を，２枚組以上のCDについては［1］［2］…でディスク番号を示した．

●ヴェルヴェット・アンダーグラウンド

The Velvet Underground & Nico（ヴェルヴェット・アンダーグラウンド・アンド・ニコ）1967年，Verve［Lou Reed, John Cale, Sterling Morrison, Maureen Tucker, Nico］
◆［A］Sunday Morning / I'm Waiting for the Man / Femme Fatale / Venus in Furs / Run Run Run［B］All Tomorrow's Parties / Heroin / There She Goes Again / I'll Be Your Mirror / The Black Angel's Death Song / European Son
◇Deluxe Edition：2002年，Universal［２枚組CD．ステレオとモノラルの２バージョン全曲にシングル版，ニコのアルバム「Chelsea Girls」より５曲を収録］
◇45th Anniversary Super Deluxe Edition：2012年，Universal［６枚組CD．ステレオとモノラルの２バージョン全曲，「Chelsea Girls」全曲，別テイク・シングル版・セッション・ライブを収録］
◇45th Anniversary Deluxe Edition：2012年，Universal［２枚組CD．スーパー・デラックス・エディション中の２枚を収録］

White Light/White Heat（ホワイト・ライト／ホワイト・ヒート）1968年，Verve［Reed, Cale, Morrison, Tucker］
◆［A］White Light/White Heat / The Gift / Lady Godiva's Operation / Here She Comes Now［B］I Heard Her Call My Name / Sister Ray
◇45th Anniversary Super Deluxe Edition：2013年，Universal［３枚組CD．ステレオとモノラルの２バージョン全曲に別テイク・ライブを収録］

The Velvet Underground（ヴェルヴェット・アンダーグラウンド）1969年，Verve［Reed, Morrison, Tucker, Doug Yule］
◆［A］Candy Says / What Goes On / Some Kinda Love / Pale Blue Eyes / Jesus［B］Beginning to See the Light / I'm Set Free / That's the Story of My Life / The Murder Mystery / After Hours

Loaded（ローデッド）1970年，Cotillion (Atlantic)［Reed, Morrison, Tucker, Yule］
◆［A］Who Loves the Sun / Sweet Jane / Rock & Roll / Cool It Down / New Age［B］Head Held High / Lonesome Cowboy Bill / I Found a Reason / Train Round the Bend / Oh F Sweet Nuthin'
◇Fully Loaded Edition：1997年，Rhino［２枚組CD．別テイクを追加］

●ソロ

Lou Reed（ロックの幻想）1972年，RCA
◆［A］I Can't Stand It / Going Down / Walk and Talk It / Lisa Says / Berlin［B］I Love You / Wild Child / Love Makes You Feel / Ride into the Sun / Ocean

Transformer（トランスフォーマー）1972年，RCA
◆［A］Vicious / Andy's Chest / Perfect Day / Hangin' 'Round / Walk on the Wild Side［B］Make Up / Satellite of Love / Wagon Wheel / New York Telephone Conversation / I'm So Free / Goodnight Ladies
◇30th Anniversary Edition：2002年，RCA［ボーナス・トラック：Hangin' 'Round (Acoustic demo) / Perfect Day (Acoustic demo)］

Berlin（ベルリン）1973年，RCA
◆［A］Berlin / Lady Day / Men of Good Fortune / Caroline Says I / How Do You Think It Feels / Oh, Jim［B］Caroline Says II / The Kids / The Bed / Sad Song

Sally Can't Dance（死の舞踏）1974年，RCA
◆［A］Ride Sally Ride / Animal Language / Baby Face / N. Y. Stars［B］Kill Your Sons / Ennui / Sally Can't Dance / Billy
◇CD Remastered Edition：2001年，RCA［ボーナス・トラック：Good Taste / Sally Can't Dance (Single Version)］

Metal Machine Music（無限大の幻覚）1975年，RCA［２枚組LP］
◆［A］Metal Machine Music, Part 1［B］Metal Machine Music, Part 2［C］Metal Machine Music, Part 3［D］Metal Machine Music, Part 4

Coney Island Baby（コニー・アイランド・ベイビー）1976年，RCA
◆［A］Crazy Feeling / Charley's Girl / She's My Best Friend / Kicks［B］A Gift / Ooohhh Baby / Nobody's Business / Coney Island Baby
◇30th Anniversary Deluxe Edition：2006年，RCA［ボーナス・トラック：Nowhere at All / Downtown Dirt / Leave Me Alone / Crazy Feeling (Alternate Take) / She's My Best Friend (Alternate Take) / Coney Island Baby (Alternate Take)］

Rock And Roll Heart（ロックン・ロール・ハート）1976年，Arista
◆［A］I Believe in Love / Banging on My Drum / Follow the Leader / You Wear It So Well / Ladies Pay / Rock & Roll Heart［B］Chooser and the Chosen One / Senselessly Cruel / Claim to Fame / Vicious Circle / A Sheltered Life / Temporary Thing

Street Hassle（ストリート・ハッスル）1978年，Arista
◆［A］Gimmie Some Good Times / Dirt / Street Hassle (A. Waltzing Matilda / B. Street Hassle / C. Slipaway)［B］I Wanna Be Black / Real Good Time Together / Shooting Star / Leave Me Alone / Wait

The Bells（警鐘）1979年，Arista
◆［A］Stupid Man / Disco Mystic / I Want to Boogie With You / With You / Looking for Love / City Lights［B］All Through the Night / Families / The Bells

Growing Up in Public（都会育ち）1980年，Arista
◆［A］How Do You Speak to an Angel? / My Old Man / Keep Away / Growing Up in Public / Standing on Ceremony［B］So Alone / Love Is Here to Stay / The Power of Positive Drinking / Smiles / Think It Over / Teach the Gifted Children

The Blue Mask（ブルー・マスク）1982年，RCA
◆［A］My House / Women / Underneath the Bottle / The Gun / The Blue Mask［B］Average Guy / The Heroine / Waves of Fear / The Day John Kennedy Died / Heavenly Arms

Legendary Hearts（レジェンダリー・ハーツ）1983年，RCA
◆［A］Legendary Hearts / Don't Talk to Me About Work / Make Up My Mind / Martial Law / The Last Shot / Turn Out the Light［B］Pow Wow / Betrayed / Bottoming Out / Home of the Brave / Rooftop Garden

New Sensations（ニュー・センセーションズ）1984年，RCA
◆［A］I Love You, Suzanne / Endlessly Jealous / My Red Joystick / Turn to Me / New Sensations［B］Doin' the Things that We Want To / What Becomes a Legend Most / Fly Into the Sun / My Friend George / High in the City / Down at the Arcade

Mistrial（ミストライアル）1986年，RCA
◆［A］Mistrial / No Money Down / Outside / Don't Hurt a Woman / Video Violence［B］Spit It Out / The Original Wrapper / Mama's Got a Lover / I Remember You / Tell It to Your Heart

New York（ニューヨーク）1989年，Sire
◆Romeo Had Juliette / Halloween Parade / Dirty Blvd. / Endless Cycle / There Is No Time / Last Great American Whale / Beginning of a Great Adventure / Busload of Faith / Sick of You / Hold On / Good Evening Mr. Waldheim / Xmas in February / Strawman / Dime Store Mystery

Songs for Dorella（ソングス・フォー・ドレラ）1990年，Sire［John Cale とのコラボレーション］
◆Smalltown / Open House / Style It Takes / Work / Trouble with Classicists / Starlight / Faces and Names / Images / Slip Away (A Warning) / It Wasn't Me / I Believe / Nobody But You / A Dream / Forever Changed / Hello It's Me

Magic and Loss（マジック・アンド・ロス）1992年，Sire
◆Dorita - The Spirit / What's Good - The Thesis / Power and Glory - The Situation / Magician - Internally / Sword of Damocles - Externally / Goodby

Mass - In a Chapel Bodily Termination / Cremation - Ashes to Ashes / Dreamin' - Escape / No Chance - Regret / Warrior King - Revenge / Harry's Circumcision - Reverie Gone Astray / Gassed and Stoked - Loss / Power and Glory, Part II - Magic - Transformation / Magic and Loss - The Summation

Set the Twilight Reeling（セット・ザ・トワイライト・リーリング）1996年, Sire
◆Egg Cream / NYC Man / Finish Line / Trade In / Hang On To Your Emotions / Sex With Your Parents (Motherfucker), Pt. 2 / Hookywooky / The Proposition / Adventurer / Riptide / Set The Twilight Reeling

Ecstasy（エクスタシー）2000年，Sire
◆Paranoia Key of E / Mystic Child / Mad / Ecstasy / Modern Dance / Tatters / Future Farmers of America / Turning Time Around / White Prism / Rock Minuet / Baton Rouge / Like a Possum / Rouge / Big Sky

The Raven（ザ・レイヴン）2003年，Sire
◆Overture / Edgar Allan Poe / Call On Me / The Valley Of Unrest / A Thousand Departed Friends / Change / The Bed / Perfect Day / The Raven / Balloon / Broadway Song / Blind Rage / Burning Embers / Vanishing Act / Guilty / I Wanna Know (The Pit And The Pendulum) / Science Of The Mind / Hop Frog / Tripitena's Speech / Who Am I? (Tripitena's Song) / Guardian Angel
◇Limited Edition：2003年，Sire［２枚組CD］
◆［1：Act 1］The Conqueror Worm / Overture / Old Poe / Prologue (Ligeia) / Edgar Allan Poe / The Valley of Unrest / Call on Me / The City in the Sea / Shadow / A Thousand Departed Friends / Change / The Fall of the House of Usher / The Bed / Perfect Day / The Raven / Balloon［2：Act 2］Broadway Song / The Tell-Tale Heart (Pt. 1) / Blind Rage / The Tell-Tale Heart (Pt. 2) / Burning Embers / Imp of the Perverse / Vanishing Act / The Cask / Guilty, spoken / Guilty, sung / A Wild Being from Birth / I Wanna Know (The Pit and the Pendulum) / Science of the Mind / Annabel Lee - The Bells / Hop Frog / Every Frog Has His Day / Tripitena's Speech / Who Am I? (Tripitena's Song) / Courtly Orangutans / Fire Music / Guardian Angel

Hudson River Wind Meditations　2007年，Sounds True
◆Move Your Heart / Find Your Note / Hudson River Wind (Blend the Ambiance) / Wind Coda

Lulu（ルル）2011年，Warner Bros.［２枚組CD．Metallicaとのコラボレーション］
◆［1］Brandenburg Gate / The View / Pumping Blood / Mistress Dread / Iced Honey / Cheat on Me［2］Frustration / Little Dog / Dragon / Junior Dad

［ライブ盤］
Rock 'n' Roll Animal（ロックン・ロール・アニマル）1974年，RCA

［1973年12月21日，Howard Stein's Academy of Music, New York］
◆［A］Intro / Sweet Jane / Heroin［B］White Light/White Heat / Lady Day / Rock 'n' Roll
◇Remastered Edition：2000年，RCA［Heroinの後に２曲追加（How Do You Think It Feels / Caroline Says I）］

Lou Reed Live（ルー・リード・ライブ）1975年，RCA［1973年12月21日，Howard Stein's Academy of Music, New York］
◆［A］Vicious / Satellite of Love / Walk on the Wild Side［B］I'm Waiting for the Man / Oh, Jim / Sad Song

Live：Take No Prisoners（テイク・ノー・プリズナーズ）1978年，Arista［２枚組LP．1978年５月17-21日，The Bottom Line, New York］
◆［A］Sweet Jane / I Wanna Be Black / Satellite of Love［B］Pale Blue Eyes / Berlin［C］I'm Waiting for the Man / Coney Island Baby / Street Hassle［D］Walk on the Wild Side / Leave Me Alone

Live in Italy（ライブ・イン・イタリー）1984年，RCA［２枚組LP．1983年９月７日，Verona / ９月10日，Rome］
◆［A］Sweet Jane / I'm Waiting for My Man / Martial Law / Satellite of Love［B］Kill Your Sons / Betrayed / Sally Can't Dance / Waves of Fear / Average Guy［C］White Light/White Heat / Some Kinda Love / Sister Ray［D］Walk on the Wild Side / Heroin / Rock & Roll

Perfect Night：Live in London（パーフェクト・ナイト）1998年，Sire［1997年７月３日，The Meltdown '97 festival, London］
◆I'll Be Your Mirror / Perfect Day / The Kids / Vicious / Busload of Faith / Kicks / Talking Book / Into the Divine / Coney Island Baby / New Sensations / Why Do You Talk / Riptide / Original Wrapper / Sex with Your Parents / Dirty Blvd.

American Poet（ライブ・イン・ニューヨーク'72）2001年，Pilot［1972年12月26日，The Hempstead Theatre, New York］
◆White Light/White Heat / Vicious / I'm Waiting for the Man / Walk It Talk It / Sweet Jane / Interview / Heroin / Satellite of Love / Walk on the Wild Side / I'm So Free / Berlin / Rock 'N' Roll

Animal Serenade（アニマル・セレナーデ）2004年，RCA［２枚組CD．2003年６月24日，The Wiltern Theatre, Los Angeles］
◆［1］Advice / Smalltown / Tell It to Your Heart / Men of Good Fortune / How Do You Think It Feels / Vanishing Act / Ecstasy / The Day John Kennedy Died / Street Hassle / The Bed / Reviens Cherie / Venus in Furs［2］Dirty Blvd. / Sunday Morning / All Tomorrow's Parties / Call on Me / The Raven / Set the Twilight Reeling / Candy Says / Heroin

Le Bataclan '72（バタクラーン72）2004年，Dynamic［1972年１月29日，The Bataclan club, Paris. John Cale, Nicoと］

◆I'm Waiting for the Man / Berlin / The Black Angel's Death Song / Wild Child / Heroin / Ghost Story / The Biggest, Loudest, Hairiest Group of All / Empty Bottles / Femme Fatale / No One Is There / Frozen Warnings / Janitor of Lunacy / I'll Be Your Mirror / All Tomorrow's Parties / Pale Blue Eyes / Candy Says

The Stone: Issue Three　2008年，Tzadik［2008年１月10日，The Stone, New York. John Zorn, Laurie Andersonと］
◆Part 1 / Part 2 / Part 3

Berlin: Live at St. Ann's Warehouse（ベルリン：ライヴ・アット・セント・アンズ・ウェアハウス）2008年，Matador［2006年12月の５日間，St. Ann's Warehouse, Brooklyn］
◆Intro / Berlin / Lady Day / Men of Good Fortune / Caroline Says (I) / How Do You Think It Feels？/ Oh, Jim / Caroline Says (II) / The Kids / The Bed / Sad Song / Candy Says / Rock Minuet / Sweet Jane

The Creation of the Universe　2008年，Best Seat in the House Productions［2008年10月２－３日，REDCAT, Los Angeles. Metal Machine Trio（Lou Reed, Ulrich Krieger, Sarth Calhoun）として（但し命名はライブ後）］
◆Night 1 / Night 2

索　引

（〈 〉内は日本版アルバムでのタイトル。頁は訳詞/原詞の順に記した）

ニューヨーク・ストーリー
ルー・リード詩集

1992年8月30日　初版発行
2013年12月30日　改訂版初版発行
2024年4月20日　新装版初版印刷
2024年4月30日　新装版発行

著　　者　ルー・リード
訳　　者　梅沢葉子
本文デザイン　渋川育由
装　　幀　佐々木暁
発 行 者　小野寺優
発 行 所　株式会社河出書房新社
〒151-0051　東京都渋谷区千駄ヶ谷2-32-2
電話03-3404-1201（営業）
03-3404-8611（編集）
https://www.kawade.co.jp/
印　　刷　株式会社亨有堂印刷所
製　　本　小泉製本株式会社

ISBN978-4-309-25750-1　Printed in Japan
落丁本・乱丁本はお取り替えいたします。